TAKE
HOBO

初心なカタブツ書道家は奥手な彼女と恋に溺れる

西條六花

ILLUSTRATION
天路ゆうつづ

蜜夢
MITSU
YUME

CONTENTS

MITSU YUME

イラスト／天路ゆうつづ

初心なカタブツ書道家は奥手な彼女と恋に溺れる

プロローグ

よく晴れた日曜の昼時、街中のビル内にある大型書店は客入りが盛況で、たくさんの人でにぎわっている。

「すみません、本を探しているんですけど」

「はい。タイトルをお伺いしてもよろしいですか？」

ちょうど休憩に入ろうとしていたところを呼び止められた書店員の小野晴香《おのはるか》は、問い合わせに笑顔で応える。

五十代くらいのおっとりとした女性は、「ええとね」と言って考え込む様子を見せた。

「昨日、テレビに出てきた本を探してるの。ほら、タオルを使ってダイエットするってやつ。かなり売れている本だって言ってたんだけど」

店内にはさまざまなジャンルの書籍があり、その中からタイトルがわからない本を探し出すのは難しい。

しかし女性客の言葉には、いくつかヒントがある。晴香は「お調べいたしますね」と言ってカウンター内に入り、パソコンで検索を始めた。

（昨日放送の番組に出てきたもので、タオルを使ったダイエット……。あ、これかな）

「お客さま、こちらでしょうか。『タオルエクササイズで、毎日五分間ダイエット』――他にも類似したものが何点かございますが」

「そうそう、それよ。在庫はある？」

「はい。売り場までご案内いたします」

人の間を縫って客を目的の書架へと案内し終えたあと、目に付いた陳列の乱れを直す。朝に平積みした新刊の文庫がだいぶ減っているのを見て、棚下のストックを開けて補充した。

（この新刊、意外に動いてるな。ラノベ担当の中村《なかむら》さんは今日休みだけど、在庫の残りがわずかだし、取次に少し発注かけておいたほうがいいかも）

だが他の書店でも売れている場合、取次に発注をかけても減数されることが日常的にある。在庫切れにならないよう、最初の入荷の段階で数を押さえておきたいのは山々だが、次々と新刊が出てくるために余分な在庫は持ちたくない。

そもそも再入荷しても長く売れるという確証がなく、陳列するスペース自体が限られているという現状は、書店員としてよくあるジレンマだ。

晴香はT書店の正社員で、二週間前に他店から異動してきたばかりだった。街の中心部にあるこの店は、店長の他は主婦と学生を中心としたアルバイトが多く、社員である晴香は彼らより立場は上になる。早く店舗に慣れなければ的確な指示ができないため、最近は異動直後ならではの気を張って肩に力が入る毎日が続いていた。

今日は早番で、午後五時半までの勤務になる。午後の勤務を終えて退勤した晴香は、独り暮らしの自宅アパートではなく、実家に向かった。地下鉄を終点で降りてバスに乗り換え、降り立った住宅街には、あちこちから夕餉《ゆうげ》の匂いが漂っている。

一日を通してよく晴れた今日は空が澄み渡り、細切れになった雲が茜色《あかねいろ》に染まっているのがきれいだった。それを眺めて歩きつつ、晴香は考える。

（誠《せい》ちゃん、用事って何だろ。「直接会って話したいから」って言って、詳しくは教えてくれなかったけど……）

仕事終わりにわざわざ実家に向かっているのは、幼馴染《おさななじみ》の水嶋誠也《みずしませいや》に呼び出されたからだ。

晴香の実家の向かいに住む彼は四歳年上で、生まれたときからのつきあいになる。優しく穏やかな性格の水嶋は昔から晴香を妹のように可愛がってくれていて、互いに社会人となった今も通話アプリなどで頻繁に連絡を取り合っていた。

彼の面影を思い浮かべ、晴香は頰を緩める。水嶋とは、幼い頃から将来を約束した間柄だ。「いつか晴香をお嫁さんにしてあげるよ」と言われた幼稚園のとき以来、自分はいつか彼と結婚するのだと思いながら生きてきた。

水嶋とは年齢差があるために同じ高校に通うことはできなかったものの、週末には一緒に映画に行ったり、買い物に出掛けたりと、学生らしいつきあいをしてきた。途中で彼が留学して離れたことがあったが、晴香にとって水嶋はずっと大好きで大切な存在だった。

（でも……）

――ここ最近、「自分たちは、ちゃんとつきあっているといえるのだろうか」と思うときが多々ある。

なぜなら晴香はこの歳まで、彼と身体の関係がないからだ。

（誠ちゃんの中で、わたしはまだ子ども扱いなのかな。……もう二十三歳なのに）

互いに社会人になったあとも、水嶋は手を出してこない。学生の頃は「大事にしてくれているんだ」と自分を納得させていた晴香だったが、去年大学を卒業し、就職をしてからも、関係は何ひとつ変わらなかった。

それどころか仕事の忙しさもあり、最近は以前より会う頻度が減ってしまっている。

（年齢から考えると、こんなにプラトニックなほうがおかしいよね。わたしだって、普通のカップルみたいに誠ちゃんといちゃいちゃしたいのに）

今日は彼から「話したいことがあるから、仕事のあとに実家まで来れる？」と呼び出されていた。どうせなら実家ではなく、外で二人きりで会いたいと思ったが、水嶋の目的は一体何なのだろう。

（ま、ついでに実家で晩ご飯を食べていけるからいいけど。今日のおかずは何かなー）

バスを降りて二分ほど歩き、実家に到着する。

玄関に入ると、水嶋のものとわかる男物の革靴の横に、オフホワイトの女性物のパンプスがきれいに揃《そろ》えられていた。

（誠ちゃんだけじゃない……？　誰だろう）

「ただいまー」

　ドアを開けてリビングに足を踏み入れると、ソファに座っていた水嶋がこちらを見る。彼は晴香に向かって微笑んで言った。

「おかえり。お邪魔してます」

「あっ、うん」

　応えながらも、晴香は水嶋の隣に座る女性が気になって仕方がない。

　清楚《せいそ》なワンピース姿の彼女は、二十代後半だろうか。セミロングの髪はきれいに編み込まれ、顔立ちが整っている。ピンと伸びた背すじや膝の上で揃えられた手は育ちの良さを感じさせ、ふんわりと優しげな雰囲気の持ち主だった。

「えっと……そちらの方は？」

　すると台所から現れた晴香の母親が、笑顔で言った。

「おかえり、晴香。聞いてちょうだい、誠也くん、こちらのお嬢さんと結婚するんですって」

「えっ？」

「今日はわざわざ報告に来てくれたのよ。うちは昔から、家族同然につきあってきたからって」

あまりに思いがけない展開に、晴香は咄嗟《とっさ》に言葉が出てこない。水嶋は、自分と婚約していたのではなかったか。

(どうして……)

そんな晴香を見つめ、女性が微笑んで挨拶してくる。

「初めまして、加納里佳子《かのうりかこ》です」

「同じ会社で働いててね。結婚するに当たって、家族ぐるみで仲良くしているこの家には直接報告しなきゃと思って、彼女を連れてきたんだ」

にこやかな水嶋には、こちらに対する良心の呵責《かしゃく》などは微塵《みじん》も感じられない。晴香は内心、ひどく混乱していた。

(結婚の報告って……誠ちゃんはわたしには何も言わずに、この人とつきあってたってこと？　えっ、じゃあ今までわたしと会ってたのは、一体何だったの？)

食い入るように彼を見つめるが、水嶋はどこ吹く風だ。里佳子と名乗った女性が、晴香に向かって言った。

「晴香さんとは昔から兄妹のように仲良くしてるって、誠也さんのお母さまから聞いています。私ともぜひ仲良くしてくださいね」

「……っ」

そのときリビングのドアが開き、弟の奏多《かなた》が顔を出す。彼は晴香の顔を見て言った。

「晴香、帰ってきてたんだ。ちょっといい？」

「あっ、うん」

どうにか表情を取り繕い、晴香は二人に「ごゆっくり」と告げて、リビングを出る。

階段を上がって二階の奏多の部屋に入った途端、一気に気持ちが緩んだ。泣きそうに顔を歪《ゆが》める姉を見つめて、奏多が言う。

「そういう顔をするってことは、やっぱあいつが婚約するって話、知らなかったんだ?」

「し、知らないよ……。今まで誠ちゃんから、他の女の人の話なんか聞いたことなかったし。今日だって、ただ『話したいことがあるから、実家まで来て』って言われただけだもん。婚約なんて、寝耳に水だよ」

弟の奏多は現在二十歳で、大学三年生だ。姉弟仲は良く、これまでも晴香は水嶋のことをときおり相談していた。彼が顔をしかめて言った。

「前から言ってたけどさ、俺は水嶋《あいつ》のこと、胡散臭《うさんくさ》いと思ってたよ。あの笑顔、どう見ても裏がありそうっていうか、嘘《うそ》っぽさが漂ってんだろ」

「そんな言い方、やめてよ……」

晴香は昔から水嶋と仲が良かったが、彼と八歳の年齢差がある奏多はさほどではなかった。水嶋は弟のように構いたがっていたものの、奏多のほうがあまり懐かなかったからだ。

(まあ、この子が一方的に、誠ちゃんにライバル心を抱いていたからなんだけど……)

クールな性格で顔立ちが整っている奏多は、女の子にかなりもてる。しかし彼は、見た目に反して重度のシスコンだ。姉である晴香にとにかく過保護で、あれこれと世話を焼きたがる。

　だからというべきか、奏多は昔から水嶋に対抗心を抱いていて、彼への評価は辛辣だった。今回の件は晴香と同様に知らなかったらしいが、「それ見たことか」と言わんばかりの顔をしている。奏多が口を開いた。

「ひとつ確認したいんだけど、あいつ、晴香に対してどういう態度だったの？　二人で会ってるとき」

「どうって……優しかったよ。例えば車のディーラーの傍を通ったとき、『将来家族が増えるなら、こういうファミリーカーに買い替えるべきかもな』って話したり、誕生日に『今はこのくらいのものしか買えないけど』って言いながら指輪を買ってくれたり。あ、頭をポンとか髪をクシャクシャとかも、頻繁にあった」

　一緒にいるときの水嶋はいつもそうして将来を匂わせる言動があり、晴香は完全に彼とつきあっているつもりになっていた。しかしそれを聞いた奏多が、切り込むように言う。

「でもキスしたり、ヤったりとかはしてないんだろ？」

「それは……」

　――確かに、していない。

　晴香には触れてほしい気持ちが多分にあったが、水嶋は性的な意味ではこちらに一切手を出してこなかった。すると奏多が、確信を得た顔でつぶやく。

「やっぱりな。晴香、水嶋《あいつ》のキープだったんだよ」

「キープ？」

「ああ。あいつはきっと、自分に好意を向けてくれるお前を逃したくなくて、気持ちを繋《つな》ぎ止めるために思わせぶりな態度を取ってたんだと思う。二人きりで会ったりしたのは事実でも、いざというとき『そんなつもりじゃなかった』って言い逃れできるように、あえて手は出さなかったんじゃないかな」

弟の言葉に虚を衝かれた晴香は、ぎゅっと拳を握りしめる。

今までの水嶋の態度が嘘だとは、思いたくない。だが彼がこちらをキープと位置づけし、手を出してこなかったことは逃げるための〝保険〟なのだと思えば、すべて説明がつく気がする。

（でも……）

――諦めの悪い恋心が、奏多の言葉を否定したがっている。先ほど見た光景は何かの間違いなのだと、どうにかして思いたがっている。

すると晴香の顔を見た奏多が、舌打ちして言った。

「しっかりしろよ。『間違いだ』って思いたい気持ちもわかるけどさ、あいつは他の女とつきあってる事実を、晴香に一言も話してなかったわけだろ？　要は二股をかけられてたんだって、いい加減気づけ」

「……っ」

晴香の目から、涙がポロリと零れ落ちる。話をするにつれ、彼の言う現実がじわじわと心に浸透しつつあった。

（馬鹿みたい、わたし。……子どもの頃の約束を、ずっと真に受けてたなんて）

元々互いの母親同士の仲が良く、世間話の中で「将来、私たちの子どもが結婚できたらいいわねー」と言っていたのがきっかけだったが、今思えばひどく滑稽だ。

高校や大学で晴香は異性に何度か告白されていたが、そのたびに「自分には水嶋がいるから」と考えて断っていた。彼がどんなつもりでこちらをキープしていたのかはわからないものの、本来しなくてもいい配慮をして他の異性とつきあう機会を無駄にしていたことになる。

グスッと鼻を啜《すす》る晴香に、奏多が無言でティッシュの箱を差し出してきた。彼はこちらを見ず、ぶっきらぼうに慰めてくる。

「あんまり落ち込むなよ。かえってよかったじゃん、下手にあいつとヤったりしてたら、泥沼だったわけだし」

「……うん」

彼の言うとおりだったが、失恋したのは確かで、胸が痛んだ。

しかし心には長年に亘《わた》って弄ばれた怒りと反骨精神のようなものが、じわじわと湧き起こっている。晴香は勢いよく鼻をかんだあと、ポツリとつぶやいた。

「――わたし、婚活しようかな」

「へっ？」

「誠ちゃんのこと、きれいさっぱり忘れたい。そのためには、他にいい人を探すのが一番だと思う」

水嶋との結婚が幻想に終わった今、自分は他の人間に目を向けるべきだ。誰にでも自慢できるような交際相手を見つけ、彼を見返してやりたい——そんな気持ちが渦巻いて、仕方なかった。

するとそれを聞いた奏多が、微妙な表情になって答える。

「まあ、いつまでもじめじめ落ち込んでるより、そういうほうが前向きでいいんだろうけど。でも、変なのに引っかからないように気をつけろよ？　ただでさえ晴香はぼーっとしてるんだから」

「うん、わかってる」

とりあえず今は階下に戻り、水嶋と婚約者に「おめでとう」と言う。

失恋したばかりの心の傷は深いが、みっともなく追い縋《すが》るような真似はしたくない。そんな晴香の発言に、奏多が顔をしかめた。

「なあ、俺があいつの婚約者の前で、一言言ってやろうか？　『こいつは今までさんざん思わせぶりな態度を取って、姉ちゃんを弄んでたんです』って」

「ううん、いい。そんなことしたって、惨めになるだけだし」

「でも」

「本当に。もし奏多がそんな発言をしたら、うちのお母さんや水嶋さん家も巻き込んで、大騒ぎになっちゃうでしょ」

ご近所づきあいが密な分、一度口火を切ったら話が大きくなりやすい。だからこそ水嶋も、安易に晴香に手を出さなかったのだろう。

(誠ちゃんの思惑に今までまったく気づかなかったなんて、わたし、相当鈍感だな。きっとそれだけ盲目的に、信じてたってことなんだろうな)

長年の信頼を根底から覆された痛みは、まだ生々しい。だがそれは、小さな違和感から目をそらし続けた自分にも責任がある。

晴香はゆっくりと深呼吸する。そしてドアを開け、水嶋への未練をはっきりと断ち切るべく、階下へと向かった。

第1章

今日は朝から薄曇りで、何となくすっきりしない天候となっている。休憩の時間、事務室で昼食を取った晴香は、ローカル雑誌と睨《にら》めっこしていた。

（ふうん、婚活系のイベントって結構あるんだ。すごいな……）

普段は買わないような雑誌の特集ページを熟読しているのは、前日のでき事がきっかけだ。

幼い頃に「将来、晴香をお嫁さんにするよ」と約束され、以来ずっとプラトニックな交際を続けてきた水嶋を、晴香はすっかり〝自分の恋人〟として認識していた。

だが親同士公認だったはずの関係は幼い頃の世間話のようなもので、とっくになかったことになっていたらしい。まるで憑《つ》き物が落ちたように現実を認識した晴香は、自分の痛さに恥ずかしさをおぼえていた。

（奏多は「弄びやがって」って怒ってたけど、わたしが一方的に勘違いしていただけなのかもしれないよね。考えてみたら、結婚するつもりでいるのにいつまでもプラトニックなのもおかしな話だし）

水嶋の優しさや思わせぶりな言動を、晴香はずっと恋愛感情からくるものだと誤解していた。だが「他の女性と結婚する」というのが、彼の答えなのだ。

昨夜奏多と話したあと、晴香はリビングに戻って水嶋に「おめでとう」と告げた。

『結婚おめでとう、誠ちゃん、加納さん。……幸せになってね』

彼は晴香の反応を探るようにじっと見つめてきたものの、すぐにニッコリ笑って答えた。

『ありがとう。結婚後はそのまま実家で、うちの親と同居する予定なんだ。晴香もこっちに帰ってきたときは、里佳子と仲良くしてくれるとうれしい』

『うん。喜んで』

精一杯平静を装って話しながらも、晴香の心はズキリと痛んだ。

水嶋はこちらに対して、本当に何とも思っていないのだろうか。親密なしぐさや二人きりで会うことに、特別な意味は何もなかったのだろうか。

（ああ、女々しいな……わたし）

婚約者である女性がいる以上、自分の気持ちは決して表に出すべきではない。

だがすぐに気持ちを切り替えられるはずもなく、二人を前に愛想笑いを浮かべている状況に、惨めさが募った。

やがて水嶋と里佳子が帰っていき、母親は夕食の席で「素敵なお嬢さんだったわねえ」とベタ褒めだったが、晴香は曖昧な返事をした。あれから一晩が経った今も、晴香は依然として落ち込み続けている。

(駄目駄目、気持ちを切り替えなきゃ。さっさと婚活して、人生初の彼氏を見つけるんだから)

そのとき事務室のドアが開き、明るい声が挨拶してくる。

「おはようございまーす」

「あ、おはよう」

入ってきたのは、晴香と同い年であるアルバイト従業員、木村奈美《きむらなみ》だ。大学院生である彼女はこの店舗でのアルバイト歴が長く、気さくな性格もあってすぐに打ち解けることができた。

奈美は「小野さんは社員だから」とこちらに敬語を使おうとしてきたが、晴香は仕事以外のときは普通に話してくれるようお願いしている。出勤してきたばかりの彼女は、晴香の手にある雑誌を見て言った。

「どうしたの、そんなの見て。暇潰し?」

「えっと……」

一瞬ごまかそうかと考えたものの、ページの端をいくつか折っている様子が見えてしまっている。晴香は歯切れ悪く答えた。

「実は――婚活をしようと思ってて」

「えっ、小野さんって婚約者がいるんじゃなかった? ほら、幼馴染《おさななじみ》だっていう」

「それが……」

事務所内に他の人間がいないこともあり、晴香は昨夜のでき事を奈美に説明する。すると彼女が憤慨して言った。

「何それ、詐欺みたいなもんじゃん。さんざん思わせぶりな態度を取ってキープにしてた挙げ句、いきなり他の人と結婚しますって？」

「でも……身体の関係はなかったから、厳密にはつきあってるとはいえないかもしれないし」

「それを逃げ道にしてたってことでしょ。そういう行為はしなくても、今まで気持ちを匂わせるような発言はあったんだよね？」

「……うん、まあ」

二人で会っているとき、頻繁に「可愛い」「やっぱり晴香のこと好きだな」などと言われていたことを奈美に説明すると、彼女は顔をしかめた。

「小野さん、そんな相手のことはさっさと忘れたほうがいいよ。私もつきあうから、一緒に婚活しよ」

「えっ、木村さんも？」

「私もちょうど今彼氏がいないし、一人より二人で活動したほうが、ハードルが下がると思わない？　それでさっさといい男を見つけて、その幼馴染のこと見返してやろうよ」

確かに勢いで「婚活しよう」と考えつつ、どこか及び腰だった晴香は、奈美の言葉に気持ちが明るくなる。思わず笑顔になりながら、彼女にお礼を言った。

「すごく心強い。ありがとう、木村さん」

「私もそういうのにちょっと興味があったから、全然気にしなくていいよ。小野さんはおっとりしてて可愛いし、きっとすぐ相手が見つかると思うんだ。お互い頑張ろうね」

早速先ほどまで開いていた雑誌のページを、奈美に見せてみる。すると彼女は感心した顔でつぶやいた。

「へえ、今は婚活って、合コンパーティー以外にもいろいろあるんだ」

「うん、そうみたい。例えば社会人サークルに参加すると自然な感じで仲良くなれて、カップルになれることが多いって書いてある。でも、恋愛に発展せずに友達で終わるパターンも多いって」

「あー、なるほど」

他にも、ゴルフや登山といった趣味的な分野、料理やカメラなどの〝習い事婚活〟も人気が高いらしい。晴香がそう言うと、奈美が目をキラキラさせた。

「楽しそうだね。思ったより堅苦しくなくて、そういうのなら気軽に参加できそう」

イベントの情報を見ながら、あれこれと意見を交わす。奈美が雑誌をめくりながら言った。

「いくつか興味あるものを選んで、婚活イベントに申し込んでみようか。お互いの休みのすり合わせとかあるし、仕事終わりに改めて話そう？」

「そうだね」

「私はそろそろ行かなきゃ。さっきバックヤード見たら、明日発売の新刊のパック作業が全然進んでないみたいだし。小野さんは、あと十五分休憩？」

「うん。特典ペーパーを挟まなきゃいけないものもあるはずだから、手が空いたら手伝うよ」

「オッケー」


それから十日が経ったゴールデンウィークの直後、晴香は奈美のたっての希望で、コーヒーの淹《い》れ方講座に参加した。

出会いの場として提供されているセミナーのため、男女の比率は半々だ。彼女いわく、「わざわざコーヒーの淹れ方を習いに来る男性はおしゃれだし、意識が高い」らしい。

実際に参加してみると、確かに二十代後半から四十代前半の男性たちはスタイリッシュな人が多く、小人数に分かれてブレンドや淹れ方を実践する際には会話が弾んだ。

カフェを貸し切って行われた講座の終了後、奈美は一人の男性と連絡先を交換したらしい。晴香は感心して言った。

「すごいね、早速知り合いができちゃうなんて」

「まあ、とりあえずお友達っていうか、今はメッセージのやり取りだけだけど。小野さんは？　いいなと思う人はいた？」

「うーん、正直言って、それどころじゃなかったな」

初回で緊張したせいか、男性から話しかけられても当たり障りのない返答しかできず、終わってみれば晴香は誰の顔も覚えていなかった。

「でも、何となくああいう場の雰囲気はつかめたし、次はもう少し積極的にいこうかなって思ってる」

「うんうん、その調子。次は来週の書道合コンだっけ？　出会いがあるといいね」

——そう、書道合コンだ。

婚活を始めると決めて以降、奈美と二人でさまざまなイベントを吟味したが、その多様性に驚かされた。

例えば工場見学合コンはビール工場を見学したあとに試飲ができ、酒の力を借りて話が弾みやすい。お料理合コンは三対三程度の男女混合グループになり、協力しながら料理を作るうちに、自然と距離が近づくという。

他にも天体観測や陶芸、アウトドアや寺社巡りなどの趣味を通じた出会いがある中、晴香が目を留めたのは「出会いの場としてあえて〝書道〟を選ぶ男性には、真面目で落ち着きがある人が多い」というフレーズだった。

確かに遊びの要素が濃いイベントと比べ、書道には浮ついた雰囲気がない。「どうせなら、普段やらないことにチャレンジしたい」というスキルアップ的な目的も満たされ、一石二鳥だ。

今回の書道合コンの講師は、気鋭の若き書道家らしい。これまでも何度か開催されており、サイトに載っている参加者の体験レポートには、概ね好意的な評価が並んでいた。

（楽しみだな。誰かフィーリングが合う人と出会えればいいけど）

かくして土曜の午後五時、晴香は奈美と共に街の中心部にあるイベント会場に向かった。

カルチャー系のせいか、会場は広くてきれいな会議室のような部屋だ。「自然な出会いをきっかけに、まずは友達から始めたいという人が多く参加している」という謳《うた》い文句だったが、来場者の雰囲気を見るかぎりそれも頷《うなず》ける。

それぞれの机の上には、書道に使う道具が整然と並べられていた。それを見た奈美が、会場の入り口でヒソヒソと言う。

「婚活パーティーって感じじゃなくて、本当に習い事教室に来たみたいだね。男の人は三十代の人が多いかな」

「うん。女の人の年齢は幅広いけどね」

あまり張り切りすぎては浮くと考え、きれいめカジュアルな服装で来たが、正解だったようだ。

イベントの流れとしては、プロフィールカードに記入をしたあと、六人ずつのグループに分かれて簡単な自己紹介をし、講師の指導を受けたのちに書道の実践に入る。

周囲の参加者と歓談しつつ書道に勤しみ、最後に講師が作品を添削するらしい。カップル成立の発表はないものの、互いに気に入れば連絡先を交換できるシステムになっているという。

　席は指定されており、晴香は奈美とは離れた一番前のテーブルに座った。向かい側と隣が男性となるように配置されていて、少し緊張しながら挨拶する。

「よろしくお願いします」

　向かい側に座った男性はいかにもおとなしそうな痩身の男性で、遠慮がちに頭を下げてきた。隣はまだ空席だったが、やがて三十歳前後の男性がやってくる。

「へえ、可愛い子だなあ。君、ひょっとしてかなり若くない？」

「あの……二十三歳、です」

　いきなり無遠慮な調子で話しかけられ、晴香は気後れしつつ答える。サラリーマン風の彼は、ニコニコして言った。

「わざわざ書道を選んで来る子って、もっと喪女っぽいのかなーって想像してたんだ。でも君みたいに若くて可愛い子が隣だなんて、今日は超当たりかも。あ、俺は山岸《やまぎし》っていうんだ、よろしくね」

　彼の言うとおり、他のテーブルには雰囲気の地味なおとなしめの女性が何人かいる。しかしこちらを褒めるため、聞こえよがしにそんな発言をするのはどうなのか。現に山岸の声が大きいせいか、そうした女性たちが気まずそうにうつむくのが見え、晴香は何ともいえない気持ちを味わう。

（なんか、この人……苦手かも）

そのときドアが開き、二十代後半の和服姿の男性が入ってきた。

彼は縞《しま》の結城紬《ゆうきつむぎ》に茄子紺《なすこん》と白鼠《しろねず》のまだら模様の角帯を合わせ、濃地の薄羽織を重ねている。きちんとしていながら涼感も醸し出したコーディネートは、とても端正だ。

加えて顔立ちがすっきりと整っており、サラリとして癖のない黒髪や切れ長の目元など、ハッと人目を引く容貌の持ち主だった。〝眉目秀麗〟という形容がふさわしい男性は、落ち着きと真面目そうな様子がどこか武士を思わせる。晴香は胸が高鳴るのを感じた。

（すごい、素敵な人……）

壇上に上がった彼は、明瞭な声で挨拶した。

「本日講師を務めさせていただく、天沢瑛雪《あまさわえいせつ》です。天沢書道教室を主宰し、教室の運営に加えて、書作品の発表や企業の題字ロゴ制作、展覧会活動などをしております。詳しい経歴につきましては、お手元の資料をご覧ください。よろしくお願いいたします」

言われたとおり手元の資料に目を落とすと、これまでの天沢の受賞歴、仕事の詳細が書かれている。現在彼は二十九歳で、運営する書道教室は市内にあるらしい。

「今日は正しい筆の持ち方から、トメ、ハネ、払いなどの基本点画、楷書の筆法と特徴、そして筆の種類の使い分けなどを講義し、皆さんに実践していただきます。僕の話が終わったあとは、周りの方と自由に歓談しながら書いてくださって結構です」

それから天沢の講義が始まったが、彼の説明はわかりやすかった。

書道家である天沢は普段から和服を着慣れているのか、所作がひどくなめらかだ。彼がお手本として筆で文字を書くと、その美しさに参加者からため息が漏れた。

今回、軽い気持ちで参加した晴香は、自分がどんどん書の世界に引き込まれていくのを感じる。

（わたしもこの人みたいに、きれいな文字を書けるようになれたらいいな。やっぱり達筆な人って、女らしいイメージだし）

毛筆で字を書く場合は肩に力を入れず、手首を柔らかく動かすのがコツらしい。背すじを伸ばし、肩の力を意図して抜いた晴香は、半紙に向き合った。

会議室内に、天沢の声が響く。

「筆を持つ際には脇は身体につけ過ぎず、拳ひとつ分くらいの空間を開けてください。脇を離して肘を上げすぎると、肩に力が入ってしまいます。そして文字を書くときには半紙の左下辺りを押さえ、上半身を垂直ではなくやや前傾姿勢に。気負わずリラックスしてください」

彼はテーブルの間を歩きながら、ときおり参加者の姿勢を矯正したり、筆の持ち方を目の前で実践していて、その指導はかなり本格的だ。

気づけば周りのテーブルでは自然と会話が生まれて、和気《わき》藹々《あいあい》としていた。晴香は筆に墨液を付け、いくつかの課題の中から気に入った文字を書くことに取りかかった。

（わ、手が震える……墨汁付けすぎたかな。あっ、この横棒は短い。どうしよう）

どうにか書き上げた文字はぎこちなく、がっかりな仕上がりだった。

しかし小学校以来まともに習字をしてこなかった晴香にとって、筆で字を書くのは思いのほか楽しい。そのとき隣から山岸が手元を覗《のぞ》き込んで話しかけてきた。

「あー、晴香ちゃん、全然駄目じゃん。ここんとこバランス悪いしさ、全体的に小さくまとまってるっていうの？　もっと半紙いっぱいに、大らかに書いたほうがいいと思うよ」

「えっと……」

彼の評価は初対面という関係性からすると、かなり無遠慮なものだ。

講師でもない山岸の駄目出しに内心カチンときたものの、真っ向から反論するのは大人げない。そう考えた晴香は、無理やり笑顔を作って答えた。

「そうですよね。筆で字を書いたのが久しぶりなので、ちょっと力みすぎちゃったみたいです。次はもう少しリラックスして書いてみます」

新しい半紙をセットし、文鎮で押さえる。

筆先に墨液を付けて書こうとした晴香の横で、山岸がおもむろに席を立った。彼はこちらの背後に回り込むと、後ろから覆い被さるような形で筆を持つ手をつかんでくる。

「俺は書道を習ってたからわかるんだけど、もっと一筆目を大胆にしたらいいと思うんだよね。こんなふうに」

「えっ？　あ……っ」

急に身体に触れられ、山岸の体温を間近に感じた晴香は、パニックになる。

明らかに彼は、距離感がおかしい。だが振り解こうにもまったく身動きが取れず、猛烈な焦りが募った。晴香は動揺しながら声を上げた。

「や、やめてください。自分で書きますから……っ」

「いいから、いいから。しかし晴香ちゃん、華奢《きゃしゃ》なんだねー。髪も柔らかくて、すげーいい匂い」

スンスンとあからさまに髪の匂いを嗅がれ、ゾワリと怖気が走る。

急いで壁際に控えているはずのイベント企画会社の人間を探すと、一人の女性社員と目が合った。晴香の助けを求める視線に気づいた彼女が、こちらに来ようとする。

その瞬間、すぐ横から男性の声が響いた。

「――どうされました、山岸さん。小野さんが困ってらっしゃいますよ」

声をかけてきたのは、講師の天沢だ。

山岸は晴香から離れず、笑いをにじませた声で答えた。

「どうって、小野さんの字があまりにもひどいから、経験者の俺が教えてあげてるんですよ。こうやって積極的にコミュニケーションを取るほうが、早く親密になれる気がするでしょ？　あくまでもこの集まりは、書道合コンなわけだし」

「……っ」

コミュニケーションではない。こちらの意思を無視した身体的接触は、ただのセクハラだ。

そんな晴香の気持ちを察したのか、天沢が彼の作品を見やり、淡々とした口調で言う。

「〝教えてあげている〟とおっしゃいましたが、僕から見たら山岸さんの文字のほうが、直す箇所が多くあるように見受けられますよ。まずはハネに丁寧さが足りない、先までちゃんと書いたほうがいいです。それから払いも丸めすぎているし、にじみも結構気になりますね。何より点画の部分が、パッと見は整っているかのように見えますが、『天』の下の線が上の線より長いのは駄目です。正しい文字を書いてこその書道なので」

悪い点をスラスラと指摘された山岸が、ぐっと言葉を詰まらせる。彼は引き攣《つ》った顔で言った。

「でも……俺が子どもの頃に通っていた書道の先生は、こうやって書いてて」

「確かに中国や台湾では、下の部分を長く書きます。書道教室でもこうして書くところがあるのはよく存じていますが、子どもの頃に通ったクラスなら、特に『渡されたお手本をよく見て、同じように書くことの大切さ』を指導されたのではないですか？」

「……っ」

反論を封じられ、山岸が押し黙る。すると天沢はニッコリ笑い、彼の腕をつかんで晴香から引き剝がすと、強引に椅子に座らせた。

「僕が一緒に書きますから、ハネや払いについて勉強しましょう。新しい半紙をセットしてください」

「えっ？」

「墨液はこのくらい、あまり付けすぎるとにじみますからね。最初の横線は長さに気をつけて、しっかり留めます。こんなふうに」

先ほど山岸がしたような姿勢で後ろから覆い被さり、彼と一緒に筆を持った天沢は〝天空〟という文字を書く。晴香はその様子を、呆然《ぼうぜん》と見守っていた。

(先生……わたしが困ってるのを見て、助けてくれた？)

すっかり彼のペースに巻き込まれた山岸は、操られるがままに字を書いている。やがてでき上がった作品は、先ほど彼が一人で書いたものより格段に整っていた。

それをうらやましく感じたらしい他の参加者たちが、「僕もお願いしていいですか」「私も」と次々に申し出てきて、天沢が穏やかに答える。

「はい。順番に回りますから、少々お待ちください」

山岸から離れた彼がふとこちらを見て、晴香はじわりと顔を赤らめる。

お礼の意味で急いで頭を下げると、天沢はかすかに微笑んで他の参加者の元に向かった。ぼんやりとそれを見送っていた晴香は、イベント企画会社の女性社員に声をかけられる。

「小野さん、大丈夫ですか？　申し訳ありません、もっと早くに気づけばよかったのですけど」

「あっ、いいえ」

慌てて首を横に振る晴香に謝罪し、彼女は隣の山岸に向き直る。

「山岸さん、先ほどのように女性参加者の身体にむやみに触れる行為は、禁止事項として明確に規約に記載されています。事前にきちんと了承した上でサインされていますよね？　次に同じような行動があった場合は、厳しい対応をさせていただくことになりますよ」

「えっ？　いや、あの」

女性社員は晴香の気持ちを慮り、急遽《きゅうきょ》山岸の席を他のテーブルに移動してくれた。

それにホッとしつつ、晴香は席を回って指導している天沢をじっと見つめる。彼の涼やかな姿や声、機転を利かせて庇《かば》ってくれた一部始終が、ずっと印象に残っていた。

その後、書道合コンは滞りなく終わったが、晴香は「連絡先を知りたい男性」のアンケート用紙に一人も名前を書かなかった。やがて会場を出た帰り道、地下鉄の駅に向かいながら奈美が話しかけてくる。

「今日の書道合コン、男性はちょっとおとなしめの人が多かったよねー。私的には、もうちょっとアクティブな集まりのほうがいいかも。小野さんはどうだった？」

「わたしは……」

――山岸が別のテーブルに遠ざけられたあと、何人かの男性が話しかけてくれたが、晴香は上の空だった。

恋愛の対象となる男性を求めて参加したのだから、積極的に周囲とコミュニケーションを取るべきなのはわかっている。だが晴香の心を占めているのは、参加者である彼らではなく、講師の天沢だった。

晴香はポツリと言った。

「わたし――あの先生の書道教室に行こうかなって思ってる」

「えっ？」

「もっと書道の勉強をしたいの。それに先生のことも知りたいなって」

晴香の申し出を聞いた奈美が、驚きの表情で言う。

「待って、書道教室に行くって本気？　小野さん、婚活したいんじゃなかったの？」

彼女の問いかけに、晴香はじんわりと頬を染めながら答えた。

「そのつもりだったけど……今日やった書道が、思いのほか楽しくて。それに、わたしが隣の席の人にセクハラされたとき、先生が庇ってくれたの」

「セクハラ？」

晴香は山岸に馴れ馴れしく絡まれたこと、その際に天沢が彼を遠ざけてくれたことを詳しく説明する。奈美がため息をついて言った。

「なるほどねえ。確かにあの先生、和服が似合っててすっごく恰好《かっこう》よかったけど。そっか、小野さんは男性参加者そっちのけで、講師の人が気になっちゃってるわけだ」

「そ、そうです……」

改めて言葉にすると、自分がずいぶん惚《ほ》れやすい人間に感じ、晴香はいたたまれなさをおぼえる。

しかしこんな気持ちになったことは今までなく、天沢と関わりを持てる場があるのなら、ぜひ行ってみたい。そんな晴香の言葉を聞いた奈美が、笑って言った。

「いいんじゃない？　小野さんが書道に興味があるんなら、教室に通ってみるのも手だと思うよ。相手は先生だからなかなか近づけないかもしれないけど、あれだけイケメンだったら、見てるだけでも目の保養だよね」

彼女は一緒に書道教室に通うのは遠慮するものの、「小野さんのことを応援するよ」と言ってくれた。

奈美は前回のコーヒーの淹れ方講座、そして今回の書道合コンでそれぞれ一人ずつと連絡先を交換しており、しばらくは彼らと通話アプリを通じてやり取りしてみるつもりだという。

「でも今後気になるイベントが出てくるかもしれないから、そのときは一緒に行ってほしい」と言われ、晴香は笑顔で了承した。

（今日帰ったら……早速書道教室のことを調べてみようかな）

当初思い描いていた婚活から方向性がずれてきてしまったものの、新しいことを始める高揚感でワクワクする。

吹き抜けるぬるい風に煽《あお》られる髪を押さえ、晴香は足取り軽く地下鉄への階段を下りた。

第2章

天沢伊織《いおり》の朝は、いつもランニングから始まる。

早朝の澄んだ空気を吸いながら五キロほど走り、仕事の段取りについて考えるのが常だ。たとえ雨が降っていても、そのルーティンは変わらない。

(飲食店の店舗ロゴの締め切りが、確か半月後だったな……。いくつかいいのが書けたけど、もう少し書き込んでアプローチを考えたほうがいいかもしれない。今日は午後から、新聞社と打ち合わせか)

書道家・天沢瑛雪として依頼される仕事の内容は幅広く、店舗の看板、額装や掛け軸の創作文字、冊子や連載の題字、直筆の賞状まで多岐に亘《わた》る。

そうした仕事をする傍ら、自身の展覧会用の作品を書いたり、書道教室で生徒の指導をしたりと、かなり多忙だ。加えてマネージャーである姉の瑞希《みずき》が、突発的にイベントやワークショップの講師の仕事を入れてくることがあり、昨日も〝書道合コン〟の講師を務めたばかりだった。

(昨日のイベントの人数は、三十人くらいだったっけ。……今の若い世代は忙しいし、普

通に暮らしてたらなかなか出会いがないってことなのかな）

　昨日を含めて三回ほど婚活イベントの講師を務めたが、参加者は至って普通の人々ばかりだ。和気藹々《わきあいあい》とした会場の雰囲気を思い浮かべ、いつものルートを走る天沢は、軽く息を乱しながら考える。

（本当は、俺も行くべきなのかもしれない。……ああいうイベントに）

　——天沢には今、彼女がいない。

　正確に言うと、「今」たまたまいないのではなく、生まれてからずっと交際相手がいたためしがない。二十九歳になる現在まで一度も女性とつきあったことがない事実は、男としてもっとも隠しておきたい秘密だった。

（ああいったイベントに参加するときには、異性との交際歴なども素直に申告しなきゃならないのか？　……まさかな）

　もしそうなら、自分は一生婚活はできない。そもそもこの歳まで経験値がない時点で、誰かとつきあいたいと考えること自体がおこがましいのかもしれない。

　ふと天沢は、昨日の書道合コンの会場で一人の女性を助けたのを思い出した。隣に座った男性参加者に背中から覆い被さられ、身体を密着されるというセクハラを受けていた彼女は、泣きそうな顔をしていた。

　見かねた天沢がやんわりと注意して男を引き剝がしてやったところ、女性はお礼の意味で頭を下げてきたが、彼女は他の参加者に比べてずいぶんと若かったように感じる。

（あんなに若くて可愛い女性も、婚活イベントに来るんだな。……普通に恋人ができそうなのに）

約三十分の走り込みを終えて自宅に到着すると、時刻は午前六時になっている。

純和風邸宅の門口を開け、石畳の通路を通って母屋に辿《たど》り着いた天沢は、引き戸を開けて中に入った。

「ただいま」

「おかえりなさい」

台所から顔を出して声をかけてきたのは、母親の祥子《しょうこ》だ。ご飯が炊けるいい匂いが漂う中、和服の上に割烹着《かっぽうぎ》を重ねた彼女が天沢に向かって言う。

「早くシャワーを浴びてらっしゃい。もうじき朝ご飯の用意ができますよ」

「ああ」

かつて三世代が住んでいたこの大きな屋敷には、現在天沢と祥子しかいない。

書道家として著名だった祖父と父は亡くなり、天沢の二人の姉たちもそれぞれ結婚して家を出ている。しかし長女の瑞希は弟である天沢のマネジメントを、そして次女の華《はな》は天沢翠心《すいしん》という雅号で書道教室の講師をしているため、日常的にこの家に出入りしていた。

シャワーを浴びて身支度をし、居間に向かうと、テーブルには朝食の用意ができている。叩《たた》き長芋のなめたけ掛け、五目豆、葱《ねぎ》入りの卵焼きや炙《あぶ》りたらこなどのおかずが並ぶ中、こんがりと焼けた鯵《あじ》の開きと大根の味噌汁《みそしる》が湯気を立てていて、艶のある炊き立ての白米が食欲をそそった。

「いただきます」

座布団に座って箸を取ると、割烹着を着けたままの祥子が自分の席に腰を下ろす。そして味噌汁のお椀《わん》を手にしながら話しかけてきた。

「昨日のイベントはどうだったの？　ええと、婚活書道だったかしら」

「書道合コン。募集の定員に達したみたいだし、参加者にはそれぞれ楽しんでもらえたようで、よかったよ」

「瑞希が最初にその企画を持ってきたときは、あなたの書道家としての格が下がるんじゃないかって心配だったけど。でもそういうイベントのあとは、書道教室の入会者が増えるのよね。あの子は残念ながら書の道に進まなかったけど、そういった方向に鼻が利くんだから、よくできてるわ」

書道家の家に生まれたにもかかわらず、長女の瑞希は幼少時から字を書くことにまったく興味を示さなかった。しかしビジネスのほうで才覚を現し、天沢のマネジメントのみならず、書道教室の運営補佐としても辣腕を振るっている。

経理事務を担当する祥子が、ご機嫌な顔で言った。

「教室の無料体験に、昨夜もメールで二件申し込みがあったの。二十代と三十代の女性だけど、入会してくれるといいわね」

天沢書道教室は、最初に無料で書道体験ができる。

入会後の受講は完全予約制で、月に一回から八回まで好きな回数を選択でき、それぞれ月謝が細かく設定されていた。月謝には教本代や墨、紙などの材料費、そして検定料がすべて含まれており、かなり割安だ。

受講時間も朝の十時から夜の八時まで予約を入れられるため、日中しか来られない主婦や学生、仕事のあとに通いたいサラリーマン層まで、幅広く対応している。さらには天沢か姉の華、どちらか好きな講師を選べるという自由度の高さで、生徒には好評だった。

(受講者が増えるのは喜ばしいけど……時間のやりくりが厳しいな)

天沢が父の後を継いで書道教室の代表になって以降、瑞希は「もっと書道家・天沢瑛雪の露出を増やすべき」という方針を打ち出し、イベントやワークショップなど外の仕事を数多く取ってくるようになった。

それが功を奏し、最近は教室への受講希望者が着々と増えつつある。しかし個人的に請けた作品制作の仕事などもこなさなければならず、時間のやりくりに苦労していた。

(まあ、仕方ない。今が頑張り時だもんな)

祥子が自分の卵焼きを箸で切り分けながら言った。

「一人目の体験希望者は、今日の午後六時に予約が入っているの。伊織、あなたの担当の時間帯だから、対応をお願いね」

「ああ、わかった」

今日の書道教室の担当割は、午前十時、午後一時、午後三時の時間帯が姉の華、午後六時と午後八時の時間帯が天沢になっている。

午前中の天沢は自身の作品制作をし、昼からは十月に行われる教室主宰の書道展の打ち合わせのため、市内にある表具店を訪れた。

受講者たちは出品する作品を仕上げたあと、掛け軸か額装のどちらかに仕立てて展示することになる。とはいえ実際にどんな仕上がりになるか、普通はなかなか想像できない。店主の孫だという表具師の青年はそうした事情をよく理解していて、参考となる写真の他、裂地《きれじ》の柄や文様がわかる端切れサンプルを数多く提供してくれ、天沢は感謝して表具店を出た。

それから瑞希と合流して街中にある新聞社に出向き、新しい連載コラムの題字に関する打ち合わせをした。これまでの仕事をまとめたポートフォリオを参考に、字体や雰囲気などを綿密に話し合い、納期を決める。

それが終わったら自宅に戻って、書道教室だ。母屋と廊下で繋《つな》がった離れの部分が教室スペースとなっており、よく手入れされた中庭が見渡せる。

自分の部屋に向かった天沢は、鏡の前で着物に着替え始めた。書道講師は誰もが日常的に和服姿でいるわけではなく、特別なイベントでないかぎり洋服で指導している人が多い。しかし天沢は、母や姉たちから絶対に和服を着るよう厳命されていた。

（そっちのほうが、女性受けがいいからって言うけど……何だかな）

襦袢《じゅばん》の上に長着を羽織り、慣れた手つきで角帯を巻きながら、天沢はため息をつく。

この家に生まれた唯一の男児のせいか、母親や姉たちからは、昔から過剰なほど猫可愛がりされてきた。天沢が成人してからはだいぶ干渉が薄れてきたものの、それでも過保護な部分はなかなか抜けず、彼女たちは現在も家庭内で「自慢のイケメン息子」「可愛くてたまらない弟」という気持ちを出して憚《はばか》らない。

（……まあ、外でそういう発言をしないだけ、マシなんだろうが）

午後五時五十分、離れに向かうと、専用玄関から続々と受講者たちが入ってきている。若いＯＬ風の女性たちが廊下を歩く天沢に気がつき、目を輝かせて挨拶してきた。

「瑛雪先生、こんばんは」

「こんばんは」

返事をした途端、はしゃぎながら顔を見合わせる彼女たちを前に、天沢は何ともいえない気持ちになる。

最近入会したばかりの女性たちは明らかに天沢目当てで、日本や中国の古典を元にした講義の際は、つまらなそうにしていることが多い。そのくせ実技のときは頻繁に呼びつけて教えを乞う場面が多々あり、あまりにもあからさまなその態度に天沢は内心げんなりしていた。

だが書道教室は、入会してくれる人間がいなければ立ち行かない。自分が今できることは、彼女たちがもっと楽しく書を学べるよう講座の内容を工夫するだけだ。

そう気持ちを切り替えた天沢が教室に入ろうとしたところ、背後から声をかけられる。

「瑛雪先生、ちょっといいかしら」

母屋のほうからプリントを手にやってきたのは、姉の華だ。

彼女は顔見知りの受講者たちに「翠心先生、こんばんは」と挨拶され、「はい、こんばんは」と微笑んで返事をしたあと、天沢に向き直った。

「これ、あなたに渡すのを忘れていたから。今日体験に来る人のデータ」

華は淡黄《たんこう》地の縞《しま》の紬《つむぎ》に蘇芳《すおう》色《いろ》の帯を締めた、品のある和服姿だ。プリントアウトした紙を受け取った天沢は、そこに書いてある名前を見てふと目を瞠《みは》った。

（小野晴香、年齢は二十三歳……？　どこかで見た名前だな）

見覚えがある名前のような気がするが、一体どこでだったろう。

そう考える天沢の横で、ふいに「あの……」という遠慮がちな声が響いた。

「六時に無料体験を申し込んだ、小野と申しますが」

視線を向けると、そこには二十代前半の女性が立っている。

天沢よりも目線が二十センチほど低いため、身長は一六〇センチ前後だろうか。白のスキッパーシャツにベージュのクロップドパンツを合わせた恰好《かっこう》は、動きやすさを重視しながら適度な清潔感があった。肩より少し長いくらいの髪は柔らかそうな栗色《くりいろ》で、目が大きく可愛らしい顔立ちをしている。

その顔はつい昨日行われたイベントで見かけたものに間違いなく、天沢は驚きをおぼえながらつぶやいた。

「……君は……」

＊　　＊　　＊

街中にある職場から地下鉄で三駅、降りて徒歩五分の高級住宅地の中に、目的の場所はある。

午後六時前、趣のある門の横に「天沢書道教室」と書かれた達筆な看板を見た晴香は、呆然《ぼうぜん》と純和風の邸宅を見上げていた。

（……こんなに立派なお屋敷で、書道教室をやってるの？）

門扉は開かれており、仕事帰りとおぼしき五十代の男性が晴香の横を通り過ぎて中に入っていく。何やら話し声がして振り向くと、三人連れの若い女性たちが駅の方角からやって来るところだった。

彼女たちはこちらにチラリと視線を向けたものの、すぐに話に夢中になり、門をくぐっていく。それを見送った晴香は、ぐっと表情を引き締めた。

（いつまでもこんなところに立ってても、仕方ない。……わたしも行こう）

門の真正面には大きな建物があるが、先に入った人々は皆右手にある離れに向かっているようだ。

石畳を歩きながら、晴香はにわかに緊張が高まるのを感じた。同僚の奈美と書道合コンに参加したのは、つい昨日の話だった。

天沢の講義はわかりやすく、書の世界の奥深さを知ることができ、小学校以来遠ざかっていた筆で字を書くという行為は思いのほか楽しかった。

本来の目的は、そのイベントの参加者の中からフィーリングの合う人を探すことだ。しかし晴香は天沢の落ち着いた物腰、涼やかな容姿、書道家としての流麗な筆致を前にし、気づけば書道合コンという状況を忘れてすっかり彼に魅せられてしまっていた。

天沢の教室で、もっと書について学びたい——そんな強い衝動にかられた晴香は、無料体験に申し込むことを決めた。昨夜ホームページで予約の空きがあることを確認し、たまたま仕事が休みだった今日ここまでやってきたが、自分のフットワークの軽さに驚くばかりだ。

(別に個人的に先生に近づきたいなんて、おこがましいことは考えてないけど……あの人の教室に通って、書道についてもっと深く知りたい)

当初の目的は「水嶋を見返すため、婚活をして恋人を作る」というもので、今の状況はそこからだいぶ逸脱してきてはいるものの、晴香の気持ちは高揚している。

書道を通じて自身のスキルアップをし、なおかつ月に何度か天沢の顔が見られる。それは毎日仕事に追われて無趣味だった晴香の生活に、新鮮な興奮をもたらしていた。

離れの入り口の引き戸を開けると、右側に大きな下足箱がある。三和土はきれいに掃き清められ、磨き上げられた廊下といい、風格ある建物だ。

靴を脱いで廊下へと足を向けた晴香は、ふと左側に広がる光景に気づき、立ち止まった。

（わあ、すごいお庭……）

長い廊下の左側は全面ガラス張りになっていて、純和風の中庭が見渡せる。

ヤマモミジやヒメシャラなどの樹々が枝を広げ、ヤブランやユキノシタ、シダ系の植物が下草として植えられている様は、とても涼しげだ。苔《こけ》むした雪見灯籠や手水鉢などがアクセントとなっていて、晴香はしばしその様子に見惚《みと》れた。

今いる廊下の先を曲がると渡り廊下となっており、母屋へと繋がっている。右手にある二十畳ほどの広さの板間は開け放されていて、書道道具がセットされた机と座布団が並び、受講生たちの姿が何人もあった。

（生徒さんの年代は、結構バラバラなんだ。「運営の者にお声がけください」って書かれてたけど、一体誰に話しかければいいんだろ……。あ）

そのとき渡り廊下を歩いてくる天沢の姿を見つけ、晴香はドキリとする。

今日も彼は、和服姿だ。天沢が教室に入ろうとしたところで、先ほど外で見かけた三人組の若い女性たちが廊下に出てきて挨拶している。

晴香も彼に声をかけるために歩を進めたが、折悪しく天沢はあとからやって来た和服姿の女性に呼び止められ、何やら話し込み始めた。

(きれいな人。着物を着てるから、この教室の先生かな)

ホームページによると、この書道教室には天沢の他にもう一人講師がいたはずだ。天沢より少し年上に見える女性は柳のように細い体型で、上品な雰囲気を漂わせている。二人の会話が一段落したところで、晴香は勇気を出して口を開いた。

「あの……六時に無料体験を申し込んだ、小野と申しますが」

天沢と女性が、同時にこちらに視線を向ける。

彼は晴香を見た瞬間、何かに気づいたように目を見開いて「……君は」とつぶやいた。するとと女性が、驚いた顔で問いかける。

「瑛雪先生、もしかしてお知り合い?」

「昨日僕が講師を務めたイベントに、参加されていて」

天沢があえて「書道合コン」という言葉を避けてくれたのに気づき、晴香の頬が熱くなる。和服姿の女性が笑顔で言った。

「まあ、イベントを通じて興味を持ってくださったのね。本日は無料体験へのお申込み、ありがとうございます」

「あっ、いえ」

恐縮する晴香に、天沢が女性を紹介する。

「小野さん、こちらは天沢翠心先生。僕と一緒にこの教室の講師をしています」

同じ苗字ということは、彼女は天沢の親族なのだろうか。晴香は慌てて頭を下げた。

「小野晴香です。どうぞよろしくお願いいたします」

「ふふ、こちらこそ。無料体験は約三十分で、お稽古場の雰囲気を感じていただきつつ、筆を使った実技も予定しています。最後に資料をお渡しして当教室のシステムについてご説明いたしますが、無理な勧誘などは一切しませんので、ご安心くださいね」

そう説明した翠心が、ニッコリと笑う。

「では、私はこれで。瑛雪先生、よろしくお願いします」

去っていく彼女の後ろ姿をぼうっと見送っていると、天沢が話しかけてくる。

「小野さん、こちらへ」

通されたのは、教卓のすぐ傍の席だ。晴香が座布団に腰を下ろすのと同時に、雑談をしていた受講生たちが自然と口をつぐむ。天沢が口を開いた。

「こんばんは。今日は体験の方が一名いらっしゃいますが、いつもどおりの教室の雰囲気を見ていただこうと思っております。よろしくお願いいたします」

受講生は会社でそれなりの役職に就いていそうな年代のサラリーマンや、OLらしい若い女性、老人など幅広い年代だ。

背すじを伸ばして正座する晴香の目の前で、天沢が一枚の作品を手に話し始めた。

「さて、こちらは先日受講者の方が書かれた作品です。『歩々是道場《ほほこれどうじょう》』――心がけ次第で、どんな場所でも己を高めるための道場になるという意味の禅語です。白陰禅師の『地限り、場限り』、すなわち〝この一瞬を丁寧に生きること〟を意味する言葉と、同義語になりますね。こちらの作品は字の大きさ、線の太細など、メリハリの付け方がとてもお上手で、紙の余白が際立っています。何より芯の強さを感じさせる線が魅力的で、全体の品格に繋がっています。素晴らしい作品です」

天沢はそうしていくつか優秀な作品を紹介したあと、教卓の横に回り込む。そして床に置かれたフェルト製の下敷きに半切《はんせつ》と呼ばれる細長い書道紙をセットし、硯《すずり》に墨液を注ぎ入れて言った。

「今日の課題は、『白馬入蘆花《はくばろかにいる》』という言葉です。白い蘆《あし》の花の中に白馬がいてもそれぞれはまったく別のもの、人間も同様で、人と自分は明確に違うのだと考えることが良い結果に繋がるという意味です」

彼が準備を始めるのと同時に、受講生たちが次々と席を立ち、皆天沢を囲む形で手元を注視し始める。

戸惑いをおぼえながらその様子を見守っていた晴香を、彼が呼んだ。

「小野さんも、こちらにどうぞ」

「は、はい」

立ち上がって遠慮がちに近づいてみると、天沢が筆に墨を含ませながら説明した。

「今日は体験の方がいらっしゃるので、改めて書体の説明を。僕がこれから書くのは、きっちりとした〝楷書〟ではなく、それを少し崩した〝行書〟です。楷書に比べて多少の省略が見られますが、大きく乖離《かいり》した字形になることはなく、速筆向きでありながら読みやすい書体です」

行書のポイントは、筆に充分墨を含ませ、最低でも一字を書き終えるまでには休まずに一気に書くことだという。

そしてゆったりとしながら素早く紙の上で筆の鋒先《ほさき》を動かし、転折や全体に柔らかい丸みを持たせるのがコツらしい。

彼は半切の上に膝をつき、着物の右の袂《たもと》を軽く押さえて筆を走らせ始めた。

（わあ……！）

天沢の手が紡ぎ出す流麗な書体に、晴香は一気に釘付《くぎづ》けになる。

彼が書く文字は端正でありながら優雅な趣があり、全体のバランスも素晴らしい。下書きなしで書かれたとは思えない、美しい仕上がりだ。

他の受講者たちが感嘆のため息をつく中、筆を置いた天沢ができ上がった作品をピンチで吊《つ》るして告げた。

「では、課題に取りかかってください。でき上がり次第、それぞれ今やられている臨書や手紙文など、お好きな作業に切り替えて結構です」

受講者がゾロゾロと席に戻っていき、準備を始める。すると彼がこちらに近づいてきて言った。

「初めてで半切に書くのは難しいと思いますので、小野さんには半紙に〝永〟の字を書いていただきます」

「永、ですか?」

「はい。永字八法といって、〝永〟という文字には漢字を筆で書くに当たって必要な八つの技法が、すべて含まれているんです。昔からこの字をよく練習すると、文字が上達すると言われています」

天沢は〝基本運筆〟と書かれた教本を開き、晴香にお手本のページを見せる。そこには各ポイントについて細かく解説されていて、一人でも練習できそうに感じた。

彼は晴香の背後に回り込むと、後ろから腕を伸ばして言った。

「僕が一度書きますから、よく見ていてください」

自分の目線で書かれる天沢の端正な文字は、強弱の付け方や払い、ハネなどがわかりやすかった。だが晴香は、今にも触れそうなほど近くに彼の気配を感じて、ドキドキしてしまう。

(どうしよう、こんな風に考えるの、失礼なのに……っ)

焦る晴香をよそに、〝永〟の字を書き上げた天沢が、耳元で小さく息をつく。そして筆を置いて言った。

「半紙は何枚使っても構いませんので、お手本を元に繰り返し練習してください。質問は?」

「あ、ありません」

目が合った瞬間、かすかに微笑まれて、晴香は頬が熱くなるのを感じる。

そのとき教室内に、若い女性の声が響いた。

「瑛雪先生、お聞きしたいことがあるんですけど」

「私もー」

呼んでいるのは、例の三人組のＯＬたちだ。天沢が「はい」と返事をしてそちらに行き、晴香は目の前の半紙に向き直った。

（……よし、頑張ろうっと）


約三十分の体験を終えたあと、別室に呼ばれた晴香は、カリキュラムの内容や受講料金、予約システムの説明を受ける。

そして入会金を支払ったあとは月謝以外にお金がかからないこと、道具は貸し出してもらえるために毎回手ぶらで通えること、展覧会に作品を応募したい場合は随時練成会を開催してフォローすることなども説明された。

晴香はおずおずと問いかけた。

「あの……まったくの初心者でも大丈夫でしょうか。先ほど周りの方を見たら、皆さんすごくお上手だったので」

「大丈夫ですよ。現在うちを受講している方々の中には、今まで書道教室に通ったことがないという方がたくさんいらっしゃいます。お手本の細かいところをよく見て、しっかり練習していただければ、数ヵ月で上達を実感できると思います。一人一人のレベルに合った指導をしておりますので、どうかご安心ください」

天沢はそう言って資料をまとめ、封筒に入れて晴香に差し出した。

「入会するかどうかは、今すぐお決めにならなくて結構です。よくお考えになった上で、もしうちの教室に通いたいと思われるなら、ホームページの申し込みフォームからお手続きいただけますか？」

「はい」

てっきりこの場で入会を決めるのかと思っていた晴香は、肩透かしを食う。

だがきちんと考える猶予をくれるところが、健全な経営をしている証しなのだと感じた。天沢が言った。

「では、無料体験はこれで終了です。お疲れさまでした」

立ち上がった彼が、玄関まで同行してくれる。

部屋を出た晴香は、それぞれ自分の作品に取り組んでいる受講者たちを横目に見ながら玄関に向かった。そして磨き上げられた廊下を歩きつつ、「一体いつ話を切り出そう」と考える。

（天沢さんに――昨日のことについて、お礼が言いたい）

靴を履いた晴香は、天沢に向き直る。再度挨拶をしようと口を開きかけた彼を遮り、勇気を出して「あの！」と声を上げた。

「昨日は……イベントの最中に声をかけてくださって、ありがとうございました。本当に助かりました」

それを聞いた天沢が、軽く目を見開く。やがて彼は、苦笑して答えた。

「あのときは小野さんが困っているように見えて、お声をおかけしたんですが。あとになって、少しお節介だったかなと反省しました。昨日のイベントは男女の交流を目的としていて、僕は一介の講師に過ぎないのに」

「そんなことありません。角が立たないように上手く立ち回っていらしたので……すごく感心してしまいました」

二人の間に、微妙な沈黙が満ちる。にわかに教室のほうのにぎわいが気になった晴香は、慌てて頭を下げた。

「すみません、長話をしてしまって。先生はお稽古の途中なのに」

「いいえ、構いません。外が暗くなってきましたから、どうか気をつけてお帰りください」

第3章

書道家の道具として欠かせないもののひとつに、硯《すずり》がある。

現在書道教室や小学校の授業で使われている硯は、セラミック製が一般的らしい。しかし本物の硯は石でできており、その値段は幅広い。

天沢が愛用する硯はかつて祖父の持ち物だったもので、四年前に父が亡くなった際に形見として受け継いだ〝端渓硯《たんけいけん》〟だ。書道や骨董《こっとう》に詳しい者なら垂涎《すいぜん》の高価な品であり、採掘された場所によってランク付けされている。

その中でも老杭《ろうこう》、坑仔厳《こうしがん》は既に廃坑になっていて、そこから採掘されたものは希少価値が高い。祖父と父の遺品である老杭の硯は、長さが三十センチと比較的大型のもので、天沢は書道教室ではあえて使用せず自分の作品を書くときのみ使っていた。

（よし、やるか）

硯は清潔第一で、汚れが残っていては良い墨色が出ない。いつもきれいに保つことが大前提だ。

墨をする前にはまず硯の陸《おか》に数滴の水を垂らし、指で広げる。これには硯に水分を与えること、そして汚れがないかを確認する目的がある。もし指先が少しでも汚れた場合は、お湯ではなく水で洗い、タオルの上で乾燥させなくてはならない。表面に傷がつくのを防ぐため、紙などでゴシゴシ擦るのは厳禁だ。

天沢は硯でゆっくりと墨をすり始める。書道教室でお手本を書くときは利便性から墨液を使っているものの、本物の墨と比べると懐石料理とインスタント食品くらいに違いがはっきりしていた。墨液は誰が書いても同じ色になってしまうが、墨は好みの濃さに調節することができる。

誰もいない部屋でゆっくりと墨をするうち、かぐわしい幽香が漂い始めた。古墨には膠《にかわ》の匂いを消す目的で、天然香料である白檀《びゃくだん》や梅花、麝香《じゃこう》、龍脳、甘松末が含まれている。幼い頃から馴染《なじ》んできたこの香りは天沢の精神を落ち着かせ、自然と集中力を高めてくれた。

天沢は中画仙と呼ばれるサイズの大きな紙に向き合い、筆を一気に走らせる。この作品のクライアントは、市内に新しく開業する法律事務所だ。「事務所に飾るための額を、何か印象的な文字で書いてほしい」というオーダーから、これまでいくつかの文字をピックアップして書いてきた。制作期間に半年もらっていたものの、そろそろ納期が近いため、プレゼンする作品を絞り込まなくてはならない。

一心に書くことに没頭しているうち、あっという間に時間が過ぎた。墨が乾くまで部屋の床に書いたものを並べているが、既に足の踏み場がない。一旦筆を置き、天沢は小さく息をついた。

（……少し休憩するか）

机に向かい、文箱を開けて、今日の夜のクラスに訪れる受講者たちの作品を眺め始める。

幼少時から習字を習っていたり、この教室に長く通っている受講者の作品は、やはり上手い。しかし初心者の生徒も一生懸命に練習していて、その上達ぶりは回を重ねるごとに少しずつ感じられていた。

朱墨で添削済みの作品を一枚一枚めくって眺めていた天沢は、ふと手を止める。まだ基礎の段階のその作品は、拙さが目立つものの、素直で丁寧な筆致に好感が持てた。

（……いつも一生懸命だよな）

小野晴香というその受講者は、天沢が講師を務めた婚活イベントで関わりを持った人物だ。

彼女はその翌日に天沢書道教室の無料体験に訪れ、月四回のコースに入会して、今に至る。通い始めて一ヵ月ほどが経つが、晴香は毎回とても真剣だ。天沢の講義の内容をときおりメモし、課題を真面目にこなす様子は、微笑ましく映っていた。

（婚活イベントに参加してたけど……彼女は今も、そうしたものに顔を出しているんだろうか）

天沢の目から見た晴香は、清潔感があって可愛らしい。

柔らかそうな栗色《くりいろ》の髪、年齢より若干若く見える顔立ちには、女性らしい甘さがある。

何よりキラキラと輝く大きな目が、彼女の好奇心の強さや潑剌《はつらつ》とした性格を如実に表していて、印象に残っていた。

そんな晴香を「可愛い」と思う男性は普通にいそうだが、彼女が書道合コンに参加していた理由が、天沢には解せない。

（まあ、理由なんて人それぞれだろうけどな）

自分だってお一人さまなのだから、人にとやかく言える立場ではない。

その後はまた制作に没頭し、仕事の相手とメールでいくつかやり取りをしたあと、午後三時から書道教室に出る。着替えて離れに向かおうとしたところ、ちょうど前の講座を終えて休憩している華が居間にいた。

「伊織くん、お疲れさま」

「お疲れ」

「ずっと制作していたんでしょう？　どう、いいのは書けた？」

人前では澄まして弟を「瑛雪先生」と呼んでいる彼女だが、プライベートでは昔から「伊織くん」と呼ぶ。

着物姿で足を崩してお茶を啜《すす》る彼女に、天沢は淡々と答えた。

「来週が納期の額装のは、そこそこいいものが書けた。店舗ロゴのほうは、もう少し書き込みが必要かな」

「そう、でき上がったら私にも見せてね。ところでお母さんが言っていたけど、伊織くんのクラス、順調に新規申し込みが増えてるみたいよ。やっぱり雑誌の取材や外部のイベントで、あなたのイケメンぶりが有名になったせいかしら」

　天沢は顔をしかめ、ボソリとつぶやく。

「……やめてくれ、そのイケメンとかいうの」

「あら、事実なのに。でも何だか今までにない、ミーハーな感じの受講者さんもチラチラ見るようになったわね？　長く通ってくださっている方たちが言ってたわ、『最近はずいぶんにぎやかになりましたね』って」

　心当たりがある天沢は、一旦口をつぐむ。そして抑えた口調で答えた。

「そういう人たちに書の楽しさや奥深さを教えるのが、俺の役目だと思ってる。もし新規の人が続かずにすぐ教室をやめてしまうなら、それはきっと俺の力不足だ」

　そんな弟の返答を聞いた華が、小さく噴き出す。彼女は可愛くてたまらないという目で天沢を見て言った。

「あなたは本当に真面目で、書道馬鹿よね。もう少し肩の力を抜いてもいいんじゃない？　そんなふうに眉間に皺《しわ》を寄せてばかりいたら、彼女もできないわよ」

「余計なお世話だ。稽古に行ってくる」

「はーい、いってらっしゃい」

＊　　＊　　＊

六月の中旬ともなると、次第に気温の高い日が増え、晴れれば汗ばむような陽気になる。

地下鉄を降りて地上に出た晴香は、照りつける陽光に目を細めた。

（このあいだ春が来たと思ったら、もうこの暑さなんて。夏もきっとすぐなんだろうな）

週初めの火曜日、仕事が休みの今日は昼近くまで寝ていて、ダラダラと怠惰に過ごした。あと十五分で午後三時というこの時間、街の中心部からさほど離れていない高級住宅街までやってきたのは、習い事のためだ。

晴香は約一ヵ月前から、書道家の天沢瑛雪が主宰する書道教室に通っている。きっかけは彼が講師を務めた書道合コンだったが、その後無料体験に教室を訪れ、今やすっかり書の世界に魅せられていた。

教室が和風建築の大邸宅というのも、書道に嵌《は》まった要因のひとつだ。磨き上げられた床と趣のある中庭、繊細な造りの欄間や建具など、純和風の雰囲気を堪能しつつ紙に向き合えば、自然と背すじが伸びる。

天沢が書くお手本は美しすぎてなかなか真似できないが、自分なりに細部をよく観察し、何度も繰り返し書くことで、少しずつ字が上達してきたような実感があった。

（まあ、まだ四回しか通ってないし、他の人には全然及ばないけど、ね）

受講している人の書道歴は幅広く、講師の天沢はそれぞれに合ったレベルの指導をしている。中には修練を積んで段を取り、展覧会で賞を取っている人もいて、晴香は身が引き締まる思いがした。

（わたしもいつか、展覧会に出せるレベルの作品を書けるようになりたいな。今は本当に基礎の段階だけど）

最初はここまで、書道に嵌まるとは思っていなかった。

元々書道合コンに参加したのは婚活のためであり、彼氏を作って幼馴染の水嶋誠也を見返すのが目的だったが、今や婚活自体が二の次になっている。

ちなみに一緒に婚活を始めた同僚の木村奈美は、連絡先を交換したうちの一人とつきあい出したらしい。年上でフィーリングの合う人で、毎日が楽しそうだ。

一方の晴香はといえば、恋愛面での進展は一切ない。天沢に対する淡い憧れはあるものの、習い事の先生と生徒という関係以上になれる可能性は、ゼロに等しい。想像することすらおこがましいと感じる。

（いいんだ、今は。……書道をやってるほうが楽しいし）

現在は週に一度、月四回のコースに通っているが、毎回次が待ち遠しい。書道道具を持っておらず、自宅では教室で書いた作品や教本を読み返すしかないのが、もどかしい日々だ。

（やっぱり家で練習できるように、道具を買ったほうがいいかな。一式揃《そろ》えたら、一体いくらぐらいするんだろう）

とはいえ月謝を払うだけでも結構な出費のため、あまり高価なものは買えそうにない。

今日は仕事が休みのために午後三時に予約を入れているが、遅い時間に比べて年配の人が多い印象だ。席についてしばらくすると、青鈍色の色無地に紗《しゃ》の墨色の羽織を合わせ、白鼠《しろねず》の角帯という涼やかな装いの天沢が入ってきた。

「こんにちは。今日はだいぶ外が暑かったですね。来月の四日、僕は出稽古で終日おりませんので、予約を入れる際はご確認のほどよろしくお願いします」

彼はいつもどおり、受講生が書いた優秀な作品をいくつか紹介する。そして穏やかな声で話し始めた。

「今日は書体と紙の関係性についてお話しします。漢字の歴史を辿《たど》ってみると、まず中国の周代末期に篆書《てんしょ》が生まれ、秦代《しんだい》になるとより速く文字を書く必然性から隷書《れいしょ》が生まれました。そして漢の中期には隷書をもっと簡略化した草書が、それでは読みづらいということで丁寧な楷書へと発展し、さらには書きやすくほんの少し崩した行書ができたという歴史があります。運筆のスピードでいうと、篆、隷、楷、草、行、仮名という順番に速くなるということです」

天沢の話を受けて、晴香は手元にある教本をそっと開いてみる。

篆書は落款によく使われており、隷書と並んでかなり独特な字形で、書道でも上級者向けの字体だと書かれている。草書の文字の崩し方も独特で、パッと見はどういう字なのかわからない。天沢が話を続けた。

「書道に使われる紙は材質がさまざまで、墨のにじみ具合に差があります。漉《す》いてから年月が経ち、適度に〝枯れ〟た紙がもっとも書きやすいのですが、好みもありますね。先ほどの話の書体による運筆の速さでいうと、にじみやすい紙は素早く書く草書や行書向き、それほどでもないものは比較的時間をかけて書く隷書や楷書向きだという答えが導き出せます。ただし、仮名は何文字も続けて書くため、吸墨とにじみが極めて少ない雁皮《がんぴ》や三椏《みつまた》の紙がよく使われます。作品を書く際にはそうした書体と使用する紙の関係性を頭に置いておくと、墨がにじみすぎたり書きづらいという失敗が少なくなるかもしれません」

話し終えた天沢が今日の課題文字を書き、受講生がそれぞれ準備に取りかかる。

初心者である晴香は筆と墨の扱い方から学び、楷書の基本線と応用文字、漢数字、算用数字の練習を重点的にやってきた。毎回二時間のうちの半分をそれに費やし、残りは実践としてハガキの宛名書きや賞状、目録書きなど、少しずつ難しいものへとレベルアップしていく流れになっている。

基本修得が終わったら草書や行書の練習をしたり、古典を書き写す臨書などにも挑戦できるらしく、今からそれを楽しみにしていた。

まずはいつもどおり、基礎に集中して取り組む。同じことの反復が主だが、少しずつ納得のいくものが書けている実感があって、充実した気持ちになった。だが毎回晴香を悩ませているものが、ひとつだけある。

（ううっ、やばい。もう足が痺《しび》れてきた……）

——正座をしていると、とにかく足が痺れる。

だらしない姿勢で書きたくないために必死に頑張るものの、こればかりはどうしようもない。あまりにも毎回つらいため、一番廊下に近い席を選んで座っているほどだ。

周囲を見回してみると、教室内に天沢の姿がない。彼はときおり教材を取りに行くためにわずかな時間中座することがあり、珍しいことではなかった。

晴香は這《は》うように廊下に出ると、痺れをこらえてそろそろと立ち上がる。そして長い廊下を曲がった先にある、化粧室に向かった。

（他の人たちは足が痺れないのかな？　慣れってすごいなあ……）

講座の最中に化粧室に立つことは、自由に認められている。

鉛のように重くなり、かつビリビリと痺れる足を引きずって歩くのは、かなり不安定だ。足元だけを見つめ、青息吐息で壁に手をついて歩いていた晴香は、ちょうど角を曲がったところで誰かにぶつかってしまった。

「あ……っ！」

ぶつかった瞬間、壁についていた手が離れ、足がもつれて相手のほうに倒れ込む。

男性らしい相手も晴香の動きは予想外だったらしく、咄嗟《とっさ》に受け止めようとしたものの、後ろに二歩ほどたたらを踏んだ。そして結局、折り重なる形で床に倒れてしまう。

「……っ」

受け身も取れずに男性に全体重をかけることになった晴香は、口元がぶつかった痛みに顔を歪《ゆが》めた。

当たったのが唇であることに気づいてひどく動揺したものの、まずは謝るのが先だと考え、慌てて声を上げる。

「す、すみません。大丈夫ですか⁉」

間近で相手を確かめた晴香は、それが天沢だと気づいて内心パニックになった。彼はこちらの顔を見て、呆然《ぼうぜん》とつぶやく。

「……君は」

「ごめんなさい！　正座で足が痺れていて、前を見ずに歩いていたらこんなことになってしまって」

半泣きで離れようとするが、まだ足の痺れが継続しており、上手く起き上がれない。

それを見た天沢が周囲に目を配りながら身体を起こし、晴香の肩を強引に引き寄せると、すぐ脇の襖《ふすま》を開けた。

「ちょっと、こっちへ」

そこは納戸のような雰囲気の六畳間で薄暗く、中には誰もいなかった。

襖を閉めた途端二人きりになり、にわかに緊張をおぼえる。そんな晴香に向かって、彼が言った。

「すまない、他の人間に見られるといろいろと面倒だから。怪我はないか？」

「だ、大丈夫です。すみません、ご迷惑をおかけしてしまって」

「ならよかった」

天沢がホッと気配を緩め、晴香の中に申し訳なさがこみ上げる。

彼に憧れを抱き、個人的に言葉を交わす機会を夢見ていなかったといったら嘘になる。だがこうして迷惑をかける形は、最悪だ。

自己嫌悪に陥っていると、天沢がふいに「……あの」と言うのが聞こえ、急いで顔を上げた。

「はい？」

「こんなことを君に聞くのは……どうかと思うんだが」

彼はひどく、歯切れが悪い。

じっと見つめているうち、天沢の端整な顔がじわじわと赤らんでいって、晴香は驚きに目を瞠った。

「先生……？」

「俺の勘違いだったら申し訳ないが。さっき倒れたとき、その……ぶつからなかったか？　唇同士が」

彼が口元を手で覆い、目をそらしながらそんな問いかけをしてきて、晴香の顔もかあっと赤らむ。猛烈な恥ずかしさをおぼえながら、早口で答えた。

「ぶ、ぶつかったと思います。すみません、不快な思いをさせてしまって」

あまりの失態に、晴香は泣きたい気持ちになる。ぶつかって押し倒された挙げ句、唇まで奪われるとは、天沢にはとんだ災難のはずだ。すると彼は、首を横に振って答えた。

「いや、そういう意味で言ったんじゃないんだ。女性にとって親しくもない男の唇がぶつかるというのは、かなり嫌だったんじゃないかと思って」

生真面目な彼の言葉を、晴香は急いで否定した。

「そんなことないです！　初めてのキスが先生みたいな人で、むしろ光栄っていうか」

話しながら、晴香は自分の発した言葉にひどく動揺する。

（わたし、何言ってるの。キスが初めてだとか、別にこの人に言わなくてもいいのに……っ）

今すぐ自分の発言を撤回したいが、言ったことは消せない。だがそれを聞いた天沢の反応は、予想外のものだった。

「初めてって――もしかして君は、そういった経験がないのか？」

「えっ？　は、はい。お恥ずかしい話、今まで男性とはご縁がなくて」

図らずも個人的な事情まで告白する羽目になり、いたたまれなさでいっぱいになる。

そんな晴香の言葉に、彼が表情を改めて言った。

「意図してやったわけではないが、君の初めての体験を奪ってしまったことについて、深くお詫《わ》びする。申し訳なかった」

突然目の前で頭を下げられた晴香は、狼狽《ろうばい》してそれを押し留めた。

「あの、お顔を上げてください。わたしが悪いんですから、先生に謝っていただく必要はありません」

「でも……」

顔を上げた天沢が正面からじっと見つめてきて、晴香はドキリとする。

（この人、本当に整った顔をしてるんだな……）

天沢の黒髪はサラリとして艶があり、絶妙なバランスで額に掛かっている。すっと通った鼻筋とシャープな輪郭、切れ長の目元は端整で、薄めの唇が意志の強さを感じさせた。背は晴香よりもだいぶ高く、身体つきがしっかりしているせいか、和服がよく似合っている。

この部屋に入ってからの彼は教室で話すときとは違った口調だったが、ひどく真面目な印象だ。それは凛《りん》とした天沢の雰囲気を引き立てていて、晴香は胸の高鳴りをおぼえていた。

彼がこちらから目をそらさず、言葉を続けた。

「君はそう言うが、事の性質的に、やはりきちんと謝罪するべきだと思うんだ。君がしてほしいと思うことを、何なりと言ってほしい」

「いえ、あの、本当にたいしたことではありませんから。どうかお気になさらないでください」

「そんな言い方は感心しない。その歳まで大事にしてきたんだろう？」

天沢の言葉には、異性とつきあったことのない事実を揶揄《やゆ》する響きは一切なく、晴香の胸の奥がぎゅっとする。

別に大事にしてきたわけではなく、結果としてそうなってしまっただけだが、こんなふうに言ってもらえると価値があるもののように思えてきた。

（でも……）

彼の気持ちはうれしいが、今回の件はこちらがぶつかって起きた偶発的な事故なのだから、詫びてもらう必要のないことだ。一体何と言えば、天沢は納得してくれるのだろう――そう考える晴香に、彼がチラリと廊下を見て提案した。

「すまない。話の途中だが、俺はもう教室に戻らなくてはならないんだ。改めて一度、外で会えないかと思うんだけど、どうかな」

「えっ？」

「君さえよければ。……ちゃんとお詫びをしたいし、個人的に話したいこともある」

晴香はびっくりして天沢を見つめる。

突然思いがけない提案をされて、咄嗟に何と答えていいかわからなかった。しかし精一杯頭を働かせ、しどろもどろに答える。

「あの……わたしは構わないのですけど、先生はお忙しいんじゃ」

「君の都合に、できるだけ合わせる。いつならいい？」

「えっと」

明後日なら、仕事が早番で夕方五時半に終わる。晴香がそう言うと、彼は自分のスケジュールを思い浮かべているのか、少し考え込んで言った。

「じゃあ明後日の午後六時に、街中のカフェでどうだろう。もし他の場所がいいなら、どこへでも行くが」

「わたしの職場も街中なので、大丈夫です」


書店員の仕事は、書籍の仕入れと販売、接客業務が主だが、正社員はアルバイトのシフト管理も含まれる。

店の売り上げ予想からアルバイトを入れる割合を考えてシフトを組むことになるが、それぞれの希望を取り入れながら店が円滑に回るように配分するのは、至難の業だ。

店長から「小野さんは正社員だから、これがしっかりできるようにならないとね」と言われてやらされているものの、毎月のことながら時間がかかってしまう。

（うーん、これでいいかな？　学生の滝沢くんが「もう少しシフトを入れてほしい」って言ってたけど、夕方からは人数が多いし……。仕方ないよね）

どうにかシフト表を作り上げた晴香は、プリントアウトして事務所の壁に貼る。異議がある場合はアルバイト同士で話し合ってもらうか、こちらで再調整しなければならない。

「どうか揉《も》めませんように」と祈りながら壁に貼りつけ、ホワイトボードに「来月のシフト表ができましたので、ご確認ください」と書き込んで、一息ついた。そして再びパソコンに向かい、自分が担当するいわゆる〝季節棚〟の仕入れについて考え始めた。

（夏はやっぱり、読書感想文用の書籍だよね。課題図書はもちろんだけど、各出版社の夏フェアを、どれくらい展開するかだな）

夏休みに備えて、各出版社は文庫の売り出しに力を入れており、売り場に置く拡材も充実している。小学生向けに自由研究に関する書籍も入れなければならず、何をどれだけ仕入れてコーナーを作るかは、いつも悩みどころだった。

パソコンでいろいろ調べながら、気づけば手が止まってぼんやりしている。この二日間、晴香は夢心地で過ごしていた。理由は今日の夕方に、天沢と会うことになっているからだ。

昼休み、奈美に事の次第を報告すると、彼女は晴香以上に興奮した様子で言った。

「すごーい。二人で会うなんて、一気に距離が縮まった感じだね！」

「でも……元々わたしがぶつかったせいなのに、先生がすごく気にしてるみたいで。何か申し訳ないなって」

「こんなことでもないかぎり、二人きりで会う機会なんかなかったでしょ？　せっかくなんだから、チャンスを生かせるように頑張んなきゃ駄目だよ」

「うーん……」

あまり期待しすぎないほうがいい気がして、晴香は言葉を濁す。

話してみると、天沢はひどく真面目な人間だという印象を受けた。きっと晴香のファーストキスを図らずも奪ってしまったという事実に、過剰に罪悪感を抱いているに違いない。

（そういえば先生、「個人的に話したいことがある」って言ってたっけ。……一体何だろう）

あくまでも〝謝罪のために会う〟のだと自分に言い聞かせつつも、気づけば晴香は彼のことばかりを考えている。先日の会話の一言一句を反芻《はんすう》し、ドキドキと落ち着かない気持ちになるのを止められなかった。

やがて午後五時半になり、晴香は仕事を終えて職場を出た。待ち合わせは、ビルの一階にあるチェーン店のカフェだ。若い女性やビジネスマンでそこそこ混み合う店内を、晴香は一通り見回してみる。

（先生、まだ来てないみたい。……窓際の席に座ろう）

アイスレモンティーをオーダーし、空いていた窓際のテーブル席に座る。

ガムシロップを入れて一口飲むと、じわじわと緊張が高まってきた。いつもより若干きれいめな服装で来たが、おかしくないだろうか。

（改めて謝りたいなんて、先生、すごく律義だな……。確かにあんなことがあったんだし、お稽古で顔を合わせるたびに意識しちゃいそうだけど）

奈美は「この機会を利用して、天沢との関係を発展させるべきだ」と鼻息荒く言っていたが、晴香からすればひどくおこがましい。

あれだけ容姿が整っていて、かつ才能のある書道家なのだから、相手には不自由しないはずだ。だからこそ、あれが人生初のキスだったと知っても天沢が自分を馬鹿にしなかったことが、晴香はうれしかった。

（そうだよ。あの人が相手でむしろ良かったくらいなんだから、別に謝ってくれなくても……）

「――すまない、待たせたかな」

ふいにそんな声がすぐ傍で響いて、晴香は驚いて顔を上げる。

そこにはアイスコーヒーが載ったトレーを手にした、天沢が立っていた。

「……先生」

晴香が知る彼はいつも和服で、普段からそうした恰好《かっこう》をしている人なのだと勝手に想像していた。

だが今目の前に立っている天沢は、洋服姿だ。黒のテーラードジャケットに白のインナー、グレーのパンツという服装で、適度なラフさが漂うスタイルだった。

「先生……洋服も着るんですか？」

思わずそんなふうに問いかける晴香に、彼は小さく笑って答えた。

「着物を着るのは書道教室やイベントのときだけなんだ。マネージャーである姉が、そうしろってうるさいから」

「そうなんですか」

向かいの席に座った天沢はまるで知らない人のようで、晴香はどきまぎしながら視線をさまよわせる。そして気まずさをごまかすように、天沢に質問した。

「お忙しいところを、来ていただいてすみません。今日は教室のほうは……？」

「今日は朝から午後三時までで、あとは姉の割り当てになってる」

「お姉さん？」

「天沢翠心は、俺の二番目の姉なんだ。一番上の姉は書道をやらず、俺のマネージャーとして外部の仕事を取ってきたり、スケジュール管理をしてる」

苗字が同じなために親族だとは思っていたが、翠心が姉だとは思わなかった。晴香がそう言うと、天沢があっさり答える。

「教室では、互いに先生と呼び合ってるからな。聞かれれば正直に姉だと答えるが、案外知らない人も多い」

彼は「ところで」と言って、改めてこちらに向き直った。

「今日わざわざ時間を作ってもらったのは、先日の件を謝りたかったからだ。俺がもう少し気をつけていれば防げた事故だったかもしれないし、小野さんに不快な思いをさせることもなかっただろう。本当に申し訳ありませんでした」

「そ、そんな。お顔を上げてください」

目の前で頭を下げられた晴香は、慌てて声を上げる。

「わたし、気にしてませんから。むしろ先生のお時間を取らせてしまって、すごく恐縮してます。いろいろなお仕事をされて……忙しくしてらっしゃるのに」

書道教室のホームページを見ると、天沢はさまざまな仕事をしているのがわかる。

店舗や商品の筆文字ロゴを始め、紙媒体やイベントの題字、額装や掛け軸などの書道作品の制作、イベントの講師や揮毫《きごう》パフォーマンスまで多岐に亘《わた》っていて、メディアにもしばしば取り上げられているらしい。

そんな人間に時間を使わせているのが申し訳なく、晴香は精一杯明るく言った。

「先生のお気持ちはよくわかりましたし、これ以上蒸し返しても何もならないと思います。ですからもう、気になさらないでください」

「……小野さんは、それでいいのか？」

「はい」

互いの間に、沈黙が満ちる。晴香はアイスティーを飲みながら、心の中でつぶやいた。

（もう話が終わっちゃった。……やっぱり木村さんが言うような進展なんて、あるはずないよね）

奈美が目論んでいたような流れには、到底なりえない。そう考えていると、彼がおもむろに口を開いた。

「先ほどの件に関する君の気持ちは、了解した。……それはさておき、これは答えたくなかったら答えなくていいんだが」

「何ですか？」

「君は、その……いつも参加してるのか？　ああいうイベントに」

「ああいう、と申しますと」

「俺が講師を務めた書道合コンのような、いわゆる婚活イベントだ」

思いがけない質問に、晴香の顔がじわじわと赤らんでいく。

天沢の目に、あのイベントに参加している自分はどう映っていたのだろう。そう思いながら、晴香はモソモソと歯切れ悪く答えた。

「参加したのは……あのとき以外に、一度だけです。コーヒーの淹《い》れ方講座というもので」

「それはつまり、出会いを求めて？」

「そうです。ある人を見返すために、彼氏を作りたくて。それで婚活を始めました」

口にした途端に自分の動機が馬鹿馬鹿しいものに思え、晴香の言葉が尻すぼみになる。

すると彼が言った。

「差し支えなければ、その事情を教えてもらってもいいだろうか」

思いのほか穿《うが》った質問をしてくる天沢に面食らいつつも、晴香は事情を話し始める。

――幼い頃から婚約者だと思っていた幼馴染から、突然他の女性と結婚すると告げられたこと。自分の勘違いが恥ずかしくなり、ちゃんとした恋人を見つけるべく婚活を始めたのだと。

するとそれを聞いた彼が、眉をひそめて言った。

「それは、幼馴染のほうがおかしいんじゃないのか？　小野さんは彼にそういう相手がいることは、まったく聞かされてなかったんだろう？」

「はい。連絡もまめに取り合ってましたし、二人きりで会ってましたし。……他に交際している人の気配は、全然感じませんでした」

ただし住んでいる場所が離れていて、顔を合わせるのも毎日ではなかったため、二股をかけようと思えばいくらでもできたはずだ。

そこまで話した晴香は、「……でも」と付け足した。

「結局のところ、事情を知ってる同僚やうちの弟が言うように、やっぱりわたしは幼馴染の〝キープ〟だったんだと思うんです。だってこの歳になっても……その、彼と身体の関係がなくて。キスすら一度もなかったのは、いざというとき『そんなつもりじゃなかった』って言い逃れするための逃げ道だったと考えたら、辻褄《つじつま》が合う気がして」

話せば話すほど惨めさが募り、目を伏せた晴香はアイスティーを飲む。その様子を見つめ、天沢が小さく息をついて言った。

「なるほどな。ずっとその男を婚約者だと思っていたから、他に誰ともつきあったことがないわけか」

「ば、馬鹿みたいですよね？　『こうなる前に、さっさと気づけよ』って、弟にも呆《あき》れられたんですけど。……相手のことを盲目的に信じちゃっていたので、『手を出さないのは、自分を大切にしてくれてるからだ』って、都合よく脳内変換してました」

自嘲して笑う晴香に対し、彼は「いや」と生真面目に答えた。

「そんなふうには思わない。いきなり騙《だま》し討ちみたいに婚約を報告してくるなんて、あまりにも誠意がない行動だ。おそらく相手は、君が性格的に泣き寝入りするのがわかっていたから、そういう仕打ちを平然とできたんだろう。信じていた相手にそんなことをされて傷つくのは、当たり前だと思う」

「……っ」

思いがけず天沢から優しい言葉をかけられ、晴香は一瞬泣きそうになる。

口調こそ淡々としているが、彼の言葉には誠実さが溢《あふ》れていた。

（こんな話を聞かされて、きっとドン引きなのに。……先生は優しいな）

だが「がむしゃらに男を求めて、婚活しているわけではない」と理解してもらえたのは、結果的によかったのだろうか。晴香がそんなことを考えていると、天沢がポツリと言った。

「君が込み入った事情を話してくれたから、打ち明けるが。――実は俺も、経験がないんだ」

「えっ？」

「女性とつきあった経験が。二十九歳という年齢を考えると、さすがに引くだろう？」

晴香はポカンとして彼を見つめる。

天沢はどこかばつが悪そうな顔をしていて、その表情に嘘はない。言葉の内容がじわじわと浸透してくるにつれ、晴香の胸には驚きがこみ上げていた。

（女の人とつきあったことがないって――先生が？　えっ、じゃあ、未経験ってこと……？）

戸惑いながらも「何か言わなければ」と考えた晴香は、しどろもどろに問いかけた。

「ええと……それは何か、事情があって……？」

「事情か。うちは母親と二人の姉が幅を利かせていて、昔からとにかく俺に過干渉だったんだ。ちょっとでも異性の影があると興味津々で聞いてくるから、それが鬱陶しくて女性を遠ざけているうち、気づけばこんな年齢になってしまった」

高校や大学では何となくいい雰囲気になった同級生がいたというが、天沢を猫可愛がりする姉たちは相手の素性を確かめようとしたり、あれこれと口出ししてきたため、すっかり嫌になってしまったらしい。天沢が言葉を続けた。

「まあ、彼女たちも大人になって分別がついたのか、今はそんなことも少なくなったが。とはいえ、すべてを家族のせいにする気はない。きっと俺の四角四面で融通が利かない性格が災いして、自分から女性を遠ざけている部分があったんだと思う」

そう自身の性格を分析した彼は、真剣な眼差しで意外なことを言った。

「だからここでひとつ、提案があるんだ。――俺と君がつきあうのはどうかな」

「えっ？」

「この歳で異性と交際したことがない事実は、今まで人に言いづらかった。しかし聞けば君もそうした経験がなく、しかも婚活中だという」

晴香は呆然として、すぐに返す言葉が出てこない。

突然天沢の秘密を打ち明けられて驚いたばかりなのに、目まぐるしい話の展開についていけなかった。すると彼が、熱のこもった口調で続ける。

「互いに経験のない者同士であれば、気負わずリラックスしてつきあえるんじゃないかと思うんだ。もちろん、それで合わなければ別れるのは仕方のないことだが、俺としてはできるかぎり君を大切にしたいと思ってる」

熱っぽく語った天沢は、晴香に決断を迫ってくる。

「どうだろう。君の中で、俺は交際相手としてふさわしくないだろうか」

生真面目な口調でありながらグイグイ迫ってこられた晴香は、すっかり彼に圧倒されていた。

書道合コンで初めて天沢を知ったときから、他の男性参加者が目に入らないくらいに彼に対して好感を抱いていた。書道教室に通い始め、会うたびに尊敬の念は深まっていったが、講師と生徒という関係性から、今後進展することはまったく期待していなかった。

（でも……）

彼は晴香が婚活中だと知り、恋人として立候補してきた。それは天沢自身が異性との交際経験がないせいだと説明したが、晴香の中でふと疑問がこみ上げる。

（先生は、自分と同じ未経験の女性なら――別にわたしじゃなくても構わなかったのかな）

一度そう考えてしまうと、今のこの状況を手放しでは喜べない。晴香は顔を上げ、彼に向かって問いかけた。

「すみません。いきなりで驚いてしまって……何と言っていいか。でも、先生のような方がその気になったら、応えてくれる女性はいくらでも出てくると思います。だから別にわたしじゃなくても」

卑屈に聞こえないよう、精一杯冷静に話す晴香を見て、天沢がかすかに目を見開く。彼はすぐに表情を引き締めて答えた。

「誰でもいいわけではない。俺としては、ぜひ君にお願いしたいと思ってる」

「でも、それは」

「書道合コンで初めて見かけたときから、可愛い女性だと思っていた。教室に通い始めてからは、毎回俺の話を真剣に聞いてくれているのが伝わってきたし、書く文字も丁寧で向上心を感じて、『真面目に取り組んでいるんだな』と好感を持っていた」

思いがけない褒め言葉に、晴香の頬がじわりと赤らむ。天沢がふと表情を和らげて、言葉を続けた。

「君が廊下で俺にぶつかってきたとき、改めて謝罪の場を設けてくれるように提案したのは、だからかもしれない。普段のそうした部分が印象に残っていて、『個人的に話をしてみたい』と、心のどこかで思っていたような気がする」

彼は場当たり的に交際を提案しているのではなく、晴香個人を見てくれていたらしい。その事実に、じんと胸が熱くなった。

（確かに変に女慣れしている人より、先生のほうが誠実な感じがする。……お互いに気負わずにいられるっていうのも、そのとおりかも）

何より晴香は、元々天沢に尊敬と憧れの念を抱いていた。ならば彼の申し出を断る理由は、ひとつもない。

ドキドキと高鳴る胸の鼓動を感じながら、晴香は天沢を見つめる。意を決し、言葉を選びながら答えた。

「そういうことでしたら――わたしからも、お願いします。……お試しの、恋人として」

晴香の返事を聞いた彼が、ホッとしたように気配を緩める。そしてかすかに微笑んで言った。

「ああ。こちらこそ、よろしくお願いします」

第4章

週末である金曜日の今日、大学は四講目の会計監査論が教授の都合で臨時休講になっている。

午後二時四十分、大学三年生の小野奏多は、三講目のマクロ経済学の講義を終えて教室を出た。大学構内にある図書館で三十分ほど調べものをし、帰るために廊下を歩いていると、顔見知りから声をかけられる。

「小野ー、今日はこのあと暇？　皆で宅飲みする話があるんだけど、お前も参加しない？　女子も来るってさ」

奏多は考える間もなく、あっさり答える。

「ごめん、いいや。用事があるし」

「そっか、残念。じゃあ、またな」

外に出ると眩《まぶ》しい午後の日差しが降り注ぎ、ムッとした熱気を感じた。夏を思わせる蒸し暑さに辟易《へきえき》しつつ、奏多はスマートフォンを操作する。

（晴香、今日は仕事かな。どうせ家を汚くしてるんだろうし、掃除しに行ってやるか）

友人にはあえて言わなかったが、奏多の言う〝用事〟とは、姉の家の片づけだ。

おそらく自分は、俗にいうシスコンなのだろうと奏多は考える。姉の晴香は三歳年上の二十三歳であるものの、昔からふわふわとしていてどこか頼りない。

性格は素直で人懐こく、何事も一生懸命やることから、書店員という仕事は向いているのだと思う。しかし人を信じすぎるところがあり、それで先日ひと悶着《もんちゃく》あったばかりだ。

（……まあ、あれは全部男が悪いんだけどさ。でも普通は、ああなる前に相手の本性に気づきそうなもんだけど）

幼馴染《おさななじみ》の水嶋から突然結婚することを告げられ、彼を婚約者だと思っていた晴香は深く傷ついていた。

奏多に言わせれば、あれは彼女を〝キープ〟として扱っていた水嶋が一〇〇パーセント悪い話だ。しかし晴香は直接彼を責めることはなく、「婚活して彼氏を作って、水嶋を見返したい」という考えにシフトしたらしい。

あれから一ヵ月余り、奏多は姉の婚活がどうなったのかが気になっていた。晴香の容姿は可愛らしく、中学や高校で何度か異性に告白されていたのは知っている。これまでは水嶋に操立てして断っていたようだが、彼女さえその気になればすぐに彼氏ができるに違いない。

（でも晴香は、あのとおりポヤンとしてるしなあ。変なのに引っかからないように、俺が気をつけてやらないと）

頼りない姉をサポートするのは、弟である自分の役目だ。

彼女の自宅アパートは、大学から地下鉄で一駅のところにあった。最初に勤務した店舗と実家がかなり離れていたため、就職してから借りた独り住まいだ。渡されている合鍵で中に入ると、案の定乱雑に散らかった室内が目の前に広がる。窓を開けてこもった熱気を逃がし、奏多はため息をついた。

(婚活もいいけど、少しは片づけろっての。……こんな部屋、男も呼べないだろ)

八畳のリビングと六畳の寝室には脱いだ服があちこちに散らかり、テーブルの上に使った食器や飲みかけのペットボトルが放置されている。

ベッドは朝起きたままで乱れていて、台所のシンクには洗い物が溜《た》まっていた。チラリと視線を向けると洗濯機の中もいっぱいなのが見え、奏多はうんざりしながら片づけを始める。

実家で暮らしていた頃から、晴香の部屋はきれいとは言い難かった。一方の奏多は衛生観念がしっかりしており、時間があるときにこうして姉の家を訪れては、掃除をしてやっている。

洗濯機を回しながら台所の洗い物をし、出しっ放しのものを定位置に戻す。大方片づき、冷蔵庫の中にある食材で料理をしていると、玄関のドアが開いた。

「あれー?　奏多来てたんだ。ただいま」

「おかえり」

仕事から帰ってきた晴香は、きれいになったリビングを見て目を丸くする。

「わざわざ片づけてくれたの？　ありがとう」

「お前さ、ちょっとは自分で掃除しろよ。若い女の部屋じゃないだろ、あの乱雑ぶりは」

「わかってるよ……最近はちょっと、忙しくて」

モゴモゴと「次の休みにやろうと思ってた」と言い訳した彼女が、台所を覗《のぞ》いてくる。

「わ、ご飯も作ってくれてる。でも冷蔵庫の中、あんまり食材なかったんじゃない？」

「うん、だから有り合わせ。冷凍ご飯を使って、鶏肉がなかったから魚肉ソーセージ入りのオムライスと、わかめスープ」

冷蔵庫にあった玉ねぎと冷凍のほうれんそう、魚肉ソーセージを具にしたオムライスは、卵をふわとろに仕上げた。それを見た晴香が、ニコニコして言う。

「美味しそう。帰ってきてご飯ができてるなんて思わなかったから、すっごくうれしい」

彼女が手を洗ってきて、二人で食卓につく。

とりとめのない雑談をしながら食事を始め、それが一段落したところで、奏多は「あのさ」と水を向けた。

「例のアレ、どうなってんの」

「あれって？」

「婚活するって言ってただろ」

晴香の頬にじわりと朱が差し、「……えっと」と話し始める。

「わたしが婚活するって話をしたら、お店で働いてる子が一緒に行動してくれることになってね。同い年で、仲が良い子なんだけど」

「うん」

「それでいろいろ調べて、まずはコーヒーの淹《い》れ方講座に参加したんだ」

最初のイベントでは、晴香は緊張して誰とも連絡先の交換ができなかったらしい。次に参加した書道合コンでは、隣に座った男性参加者にセクハラまがいの接触をされたと聞いて、奏多は呆《あき》れて言った。

「やっぱさあ、そういうのやめたら？　だって婚活してる男なんて、女がいなくてきっとガツガツしてるんだろ。焦って行動せずに、自然に任せたほうが」

そのセクハラ男が、いい例だ。「婚活してる女はちょろい」と考えた輩に、何をされるかわからない。

それを聞いた彼女はオムライスのスプーンを置き、意外な返答をしてきた。

「婚活は……もうしない。する必要がなくなったし」

「必要がなくなった？」

「うん。できたの、人生初の彼氏が」

奏多は目を丸くし、オムライスを嚥下《えんげ》する。そして口を開こうとした瞬間、晴香がみるみる興奮しながら言った。

「昨日いきなりそんなことになったんだけど、一晩経ってもわたし、全然信じられなくて。だって先生だよ？　あんなにかっこいい人なのに、わたしがいいって……っ」

「落ち着け。その男は、一体どういう素性の奴なんだよ」

猛烈な勢いで話し出した彼女を押し留め、奏多は事情を問い質す。事と次第によっては、自分が相手の素性を確かめなければと思っていた。

すると晴香は自分のスマートフォンを取り出し、何やら画面を操作している。そしてとあるホームページを表示させ、講師のプロフィール欄を見せてきた。

そこには天沢瑛雪という書道家の写真、そして華々しい経歴が書き連ねてある。思いがけずハイスペックな人物に、奏多は啞然《あぜん》としながら顔を上げてつぶやいた。

「…………マジで？」

＊　　　＊　　　＊

曇り空の今日は朝から蒸し暑く、外はムッとした熱気に包まれている。午後二時、自室で仕事をしていた天沢の元に、スーツ姿の姉の瑞希が顔を出して言った。

「伊織、打ち合わせの方が見えたって、お母さんが」

「ああ、今行く」

予定していた来客を告げられ、二人で応接間に向かう。

部屋に入ると、中にいた男女が同時にこちらを見た。襖《ふすま》を閉めた天沢は畳に膝をつき、二人に折り目正しく挨拶をする。

「本日はわざわざご足労いただき、ありがとうございます。天沢瑛雪です」

「こちらこそ、お時間をいただけて光栄です。嶋村画廊のオーナーをしております、嶋村《しまむら》と申します。こちらはアシスタントの向原《むこうはら》です」

「天沢のマネージャーをしております、谷口瑞希です。よろしくお願いいたします」

互いに名刺を交換し合ったところで、母親の祥子がお茶を運んでくる。彼女が退室したタイミングで、嶋村が言った。

「お屋敷の雰囲気も素晴らしいですが、中庭はまた格別ですね。屋内からの景観が計算されていて、まるで絵画のようだ」

「ありがとうございます。今は青々とした夏の眺めですが、秋には樹々が紅葉しますので、その時季のほうが見ごたえがあるかと」

「なるほど。きっと美しいのでしょうね」

三十代後半の嶋村は、快活な喋《しゃべ》り方がいかにも仕事のできそうな雰囲気を漂わせている。アシスタントの女性も控えめながら知的な印象で、天沢は二人に好感を抱いた。

嶋村が話を切り出した。

「メールでご説明いたしましたとおり、本日は当画廊が主催するグループ展のご提案にお伺いしました。コンセプトは、〝アートの視点から、書の未来と可能性を考える〟です」

今回天沢の元に持ち込まれたのは、グループ展の企画だ。

二日間の日程で、気鋭の若手書道家五人の作品展示を始め、一日目は著名な美大教授の講演と出品者によるギャラリートーク、二日目は作品の公開制作などを予定しているという。

手渡された企画書を熟読してみると、他の参加者たちは確かに若手ではあるものの、それぞれ輝かしい経歴を持つ実力派ばかりだった。ふと気になるところを見つけた天沢は、顔を上げて嶋村に質問する。

「嶋村さん、二日目の作品の公開制作が僕の名前になっているのは、どのような理由で？　参加予定者のお名前を拝見するかぎり、どなたに頼んでもおかしくないと思うのですが」

「天沢先生の、N寺での揮毫《きごう》パフォーマンスの映像を拝見しました。特大の筆で大きな紙に書かれる姿には大変迫力があり、場の雰囲気を一変させる張り詰めた空気と独特の間は、でき上がった作品も含めて〝空間芸術〟といって遜色ないと思います。当画廊としましては、二日目のメインイベントとして、ぜひ天沢先生にパフォーマンスをお願いしたいと考えております」

彼の言葉には熱意が溢《あふ》れ、企画にかける意気込みが強く伝わってくる。それからいくつか質問したあと、瑞希が隣で答えた。

「お話はよくわかりました。一度こちらで内容を精査した上、お引き受けするかどうかのお返事を差し上げたいと思うのですが、よろしいでしょうか」

「もちろんです。前向きなご返答を、心よりお待ちしています」

二人が帰っていく姿を、天沢は瑞希と門口で見送る。

敷地の右側にある離れからは、書道教室のにぎわいがかすかに聞こえてていた。居間に戻ると、彼女が企画書を眺めて笑顔で言う。

「いいお話じゃない？　メインイベントを、ぜひあなたでって言ってくれてるのよ。揮毫パフォーマンスは見栄えがするし、お客さんも盛り上がるわ。私としては、絶対受けるべきだと思う」

「十月の教室の発表会と個展の準備もあるから、結構スケジュールがタイトだな。でも、他のメンバーが有名な若手書道家ばかりだから、企画としては面白いと思ってる」

「じゃあ、お受けする？」

「そうだな」

嶋村は有名餅店の限定おはぎを手土産に持ってきていて、瑞希がお茶を淹れに台所に向かう。天沢はテーブルの上の企画書を、手に取って眺めた。

（明日嶋村さんに電話して、仕事を引き受ける旨を伝えよう。……忙しくなるな）

こちらの今までの仕事を見た上で依頼してくれるのは、とてもありがたい話だ。

四年前に父が亡くなり、書道教室を継いだばかりの頃の天沢は、外部のイベントに参加するのに積極的ではなかった。だが姉の瑞希の勧めで少しずつ受けるようになって以降、思いがけない反響や評価をもらえるようになって、結果的にはよかったと思っている。

（仕事は忙しいが、かなりいい流れだ。いろんな縁が繋《つな》がって依頼がもらえることは、当

たり前のことではないし。……それに）

――もうひとつ、天沢のモチベーションを上げるでき事が、一昨日あったばかりだ。

書道教室の受講者である小野晴香と、天沢は交際することになった。

（……嘘《うそ》みたいだ。俺に、彼女ができたなんて）

きっかけは、先日の書道教室の際、足が痺《しび》れてよろめいた彼女と廊下でぶつかったことだ。うっかり唇同士が触れ合ってしまい、それが晴香の初めてのキスだったのを知った天沢は、「改めてお詫《わ》びをしたい」と彼女に申し出て二人で話す時間を作ってもらった。

その結果、ぶつかった件は不慮の事故として水に流すことになったが、天沢は晴香が婚活を始めた理由が幼馴染の婚約にあったのだと知った。

そして彼に操立てしていたがゆえに男性経験がまったくないこと、「ちゃんとした恋人を見つけて、相手を見返したい」という意思があることを晴香から聞いた天沢は、気づけば彼女に交際を申し入れていた。

あのときの行動力と積極性は、我ながらかなり意外なものだった。晴香は二十三歳で、年齢からすると交際経験がないというのはかなり希少だ。一方の天沢は二十九歳で、彼女に輪をかけて稀《まれ》な存在であり、強いシンパシーを感じた。

互いに恋愛経験がないなら、気負わずにつきあえるのではないか。そう提案した裏には、元々晴香に抱いていた好感があったのは否めない。

彼女の容姿は可愛らしく、雰囲気は溌剌《はつらつ》として明るい。書道にも真面目に取り組んでおり、接客業であるせいか言葉遣いもきれいだった。何より好奇心をにじませた大きな瞳が印象的で、潜在意識下で既に好ましく思っていたのかもしれないと感じる。

交際を了承してもらった一昨日は、互いの連絡先を交換した。昨日は晴香の仕事が遅番だったために会えず、早番で上がれる今日、一緒に食事をする予定になっている。

（若い女性は、どういった店に行けば喜んでくれるんだろう。……少し調べておくか）


午後六時の街中は、土曜日であるせいかひどく混んでいる。

先日と同じカフェで待ち合わせをしたものの、晴香はまだ来ていなかった。天沢が飲み物をオーダーして席に着き、しばらくしたところで、彼女が慌てた様子でやって来る。

「すみません、お待たせしてしまって！」

「いや。今来たばかりだ」

どうやら走ってきたらしく、晴香の頬は紅潮し、髪がわずかに乱れている。それを手櫛《てぐし》で直しながら、彼女が言った。

「帰ろうとしたところで、出版社の営業さんから電話がきて……長話になってしまったんです。何度か切り上げようとしたんですけど、そのたびに向こうが話し出して、なかなか終わらなくって」

「大変だな」

　晴香の職業は、書店員だという。去年新卒採用された正社員で、今は街中の大きな店舗で働いていると言っていた。天沢は彼女に問いかけた。

「書店員は商品の陳列をしたり、接客をするのがメインだと思っていたが。出版社の人間と話したりもするんだな」

「はい。向こうは自分のところの本を売りたいという目的があって、店に置いてくれるようにプッシュしてきます。でも、書店側としては他にもたくさんの本を置かなければならないので、営業さんの要望をすべて汲《く》むことはできないんです。だから互いの妥協点の探り合いになります」

　書店員は営業が推す本の売れ行き、つまり具体的な数字を聞いた上で、これまでどんな仕掛け方をして売れたか、どこに置いたら結果が出ると思うかなどをリサーチする。

　そうして仕入れる数やフェアの企画を決定するのだと晴香は語った。

「互いの条件が折り合ったら、ＰＯＰを書いたり、売り場に置く拡材を版元から提供してもらいます。場合によっては、既製品だけじゃなく売り場のボリュームに合わせたものを作ってもらったり。うちは街中の大きい店舗なので営業さんとお話しする機会は多いんですけど、わたしは若いせいか結構グイグイこられてしまって。押し切られないよう、踏ん張るので精一杯です」

　天沢は感心してつぶやいた。

「そうか。俺は書道以外の分野を知らないから、そういう話を聞くのは新鮮だな」

「先生は、大学か何かで書道を学ばれたんですか？」

「元々は書道家である祖父や父に、四歳の頃から習っていたんだ。でもちゃんと歴史や創作理論を学びたくて、書道学科のある大学に行った。卒業後しばらくして父が亡くなって、書道教室を受け継いだという流れだ」

天沢は「ところで」と切り出す。

「その〝先生〟というのはやめてもらっていいか？　教室ならともかく、こうして二人で会うときには」

「えっ」

晴香の顔がパッと赤らみ、しどろもどろになって言う。

「あの……でも、わたしにとっては先生ですし。どうお呼びしたら」

「どうとでも、好きに呼んでもらって構わない」

「えっと、じゃあ」

少し考え、「……天沢さん？」と控えめに言われた天沢が頷《うなず》くと、彼女は気恥ずかしさがにじんだ何ともいえない表情になる。

（……可愛いな）

初々しいその反応に、天沢はふと微笑んだ。

晴香の素直さは、ここに来るまでどこか構えていたこちらの気持ちを緩めてくれる。自分から誰かに交際を申し込んだのは彼女が初めてだったが、こんなふうにリラックスさせてくれる晴香が相手なら、きっといい関係を築けるに違いない。

天沢はスマートフォンを取り出し、画面を操作しながら言う。

「――君の食べ物の好みがわからないから、今日は食事する店をいろいろ調べてきたんだ。どこがいいか、選んでくれるか?」

＊　＊　＊

六月とはいえ気温が高く推移している最近は、日が暮れても蒸し暑いことが多い。

天沢と連れ立ってカフェを出た晴香は、タクシーで歓楽街に移動し、とある割烹《かっぽう》へと足を踏み入れていた。数寄屋造りの店内は落ち着いた和の雰囲気で、格調高い。こんなところに来たことのない晴香は、すっかり気後れしていた。

(どうしよう。お店を選べなくて先生にお任せしちゃったけど、まさかこんな高級そうなところに連れてこられるなんて)

思わず財布の中身が心配になりつつ、晴香はカウンターで隣に座った彼に小さく問いかける。

「あの……先生はこのお店に、よくいらっしゃるんですか?」

「ああ。家族と一緒に来たり、仕事の相手との会食で使うこともある。海外の客には、かなり好評なんだ」

「こんなことを聞くのは失礼なのかもしれませんけど、お値段はいくらくらいなんでしょう。……メニューには、飲み物しか載っていませんし」

どうやら料理は基本お任せらしく、価格帯がまったくわからない。するとそれを聞いた天沢が、笑って言った。

「ここは俺が払うから、心配しなくていい。割烹はカウンター越しに料理人の仕事を眺めることができて、料理ができ上がっていく過程と味の、両方を愉しめるんだ。順番に料理が出てくるから、もし苦手なものがあれば言ってくれ」

「好き嫌いは、特にないです」

先付は天の川に見立てた豆腐で、滋味豊かなだし汁の中でオクラと飛魚子、振り柚子の色味が美しい。そして前菜は鰻《うなぎ》の八幡《やわた》巻《まき》きや沢蟹《さわがに》の唐揚げ、笹白瓜《ささしろうり》の昆布締めなど、夏の魚介類を使ったバラエティ豊かなものだった。

盛り付けの美しさに目を瞠《みは》った晴香は、味にも感嘆の溜息《ためいき》を漏らす。

「すっごく美味しいです……！」

「そうか、よかった」

その後、吸い物とお造り、焼き物に舌鼓を打ち、やがて冷やし鉢として鮑《あわび》の柔らか煮が出てくる。車海老や茄子《なす》、そら豆などと一緒に盛られたそれを口に運ぶ晴香は、ほろ酔い気分で口を開いた。

「わたし、こういうちゃんとした和食は初めて食べました。先生は素敵なお店にも来慣れてて、やっぱりすごいです」

改めて考えてみると、こうした店に普通に来ている天沢は、やはり雲の上の存在のような気がする。そんなふうに思いつつ、晴香は言葉を続けた。

「実はうちの弟に先生のことを話したら、開口一番『騙《だま》されてるんじゃないか』って言われちゃいました。先生の経歴があまりにも凄すぎて、おまけにイケメンなので、わたしには釣り合ってないって思ったみたいです」

「それは買いかぶり過ぎだ。ここは元々祖父が懇意にしていた店で、俺が個人的に開拓したわけじゃない。経歴だって、もっとすごい人間はいっぱいいる」

カウンターの中の料理人は、少し離れたところで他の客と談笑していた。天沢は日本酒の杯をカウンターに置き、「それに」と声を低めて言った。

「……先日君に話したとおり、俺はこの歳になるまで一度も異性とつきあわずにきた。世間から見たらきっと引かれるだろうことはわかっているし、劣等感もある。だから『釣り合わない』などと思わないでほしい」

どこか苦いものがにじむその表情を見た晴香は、びっくりして言う。

「そんなことありません。先生——いえ、天沢さんには、ものすごい才能があるじゃないですか。劣等感を感じる必要はまったくありませんし、むしろ人が羨むものを持っているんですから、堂々としてて構わないと思います」

「そうかな」

「そうですよ！　それにわたしっていうお試しの彼女ができて、〝いない歴〟にストップをかけられたわけですし。どうか自信を持ってください」

酒のせいで気持ちが大きくなり、思わず熱弁を振るう晴香を、天沢がじっと見つめてくる。やがて彼は小さく笑い、面映ゆそうに答えた。

「君はすごく、前向きなんだな。そうやって言い切られると、何となく自信を持っていいような気がしてくる」

「そ、そうですか？　確かに弟には、『考えなし』とか『楽天的すぎ』とか言われますけど」

「仲が良いんだな」

「はい。三歳下でまだ大学生なのに、弟のほうがしっかりしていて。わたしはいつもフォローされてばかりなんです」

酒のおかげでリラックスでき、思いのほか話が弾む。

食事は揚げ物と酢の物、鮎《あゆ》の土鍋炊き込みご飯へと続き、最後の甘味はシークァーサーアイスと旬の白桃だった。すっかり満腹になった晴香は、ふんわりとした酩酊《めいてい》をおぼえながら外に出る。

（少し酔っ払っちゃった……でも、たくさんお話しできてよかったな）

そんな晴香を振り返り、天沢が問いかけてきた。

「小野さんの最寄り駅は、地下鉄なのか？」

「はい。わたしは南北線の、北十八条駅です」

「じゃあ、俺とはまったく方向が違うのか」

天沢が「家まで送っていく」と申し出てきて、晴香は慌てて首を横に振った。

「大丈夫です。ここから地下鉄一本で帰れますから」

「でも」

「本当に。駅から降りたら数分のところにアパートがあるので、まったく危険はないんです」

晴香の自宅から彼の最寄り駅までは、地下鉄で三駅目で乗り換え、さらに三駅かかる。ただでさえご馳走《ちそう》になってしまったのに、そこまで甘えることはできなかった。

天沢は、どこか納得のいかない顔をしている。それを見た晴香は、ある提案をした。

「あの、よければ少し、歩きませんか」

「えっ？」

「中島公園駅まで。その手前の鴨々川《かもかもがわ》の周辺は、眺めもきれいですし」

約十分の距離を歩くことを提案すると、彼が「ああ」と頷いてくれた。

午後八時半の歓楽街は、たくさんの人で溢れている。駅前通りをまっすぐ進んでしばらくすると、目の前に小さな川が現れた。

川沿いはノスタルジックな雰囲気で、京都のような風情がある。街灯が川面に反射するのを見た天沢が、微笑んで橋の欄干に触れた。

「夜にこの辺りに来たことはなかったが、確かにきれいだな」

「はい。前に友人と夜にこの道を通ったとき、雰囲気がよかったのを覚えてて。でも、一駅分歩かせてしまってすみません」

「いや」

彼はこちらを振り向き、晴香の顔を見つめて言った。

「できればもう少し一緒にいたいと思っていたから、全然構わない。本当は俺のほうから誘うべきだったのに、君に言わせてしまったのは気遣いが足りなかった。申し訳ない」

突然真面目な口調で言われた晴香は、急いでそれを否定しようとする。しかしそれより早く、天沢が言葉を続けた。

「さっき店で、君が『自信を持ってください』って言ってくれて、うれしかった。小野さんが心からそう思ってくれているのは言葉や態度で伝わってきたし、そんな君に交際を申し込んだのは、やはり間違いではなかったのだと実感した」

「そんな……たいしたことは言ってないです。わたし、酔って気が大きくなってしまって、天沢さんに失礼だったかも」

恐縮する晴香に、天沢がチラリと笑って言う。

「酒が入った分、話が弾んだから、かえってよかったんじゃないか？　俺は君と飲めて楽しかった」

どこか照れた顔でそう告げられ、晴香の胸がきゅうっとする。

（天沢さんって、見た目的にあんまり気持ちを言葉にしてくれなさそうに思ってたけど……ちゃんと伝えてくれるの、すごくうれしい）

「君に交際を申し込んだのは、やはり間違いではなかった」という言葉は、晴香の心にほんのりと熱を灯した。

今日も天沢は着物姿ではなかったが、端正な佇《たたず》まいは変わらない。自分よりもだいぶ背の高い彼を見上げ、晴香は口を開いた。

「わたしも……楽しかったです。あの、天沢さんとわたしって、つきあってるんですよね？」

「ああ」

「じゃあお近づきの印に、天沢さんと手を繋いでみたいんですけど」

「えっ？」

「駄目、ですか？」

天沢がびっくりしたように目を見開き、こちらを見下ろす。

大胆な発言は、酒に酔っているせいなのは否めない。だが彼が言葉にしてくれたのと同様に、晴香の中にも「この人と自分は、つきあっているんだ」という実感が芽生えつつあった。

だったらもっと、近づきたい。きっかけは〝お試し〟だったとしても、いつかちゃんと想い合う恋人同士になりたい。そんな気持ちがこみ上げて、抑えきれなくなっている。

晴香は勇気を出して、自分から天沢の手に触れてみる。硬い感触のそれは指が長く、触れるとビクッと震えた。女の柔らかさとはまるで違うことに感慨をおぼえつつ、晴香はつぶやいた。

「天沢さん、手が大きいんですね。男の人の手って感じ……。天沢さん？」

「……っ」

視線を上げた途端、じわじわと紅潮していく彼の顔が目に飛び込んできて、晴香は驚いて口をつぐむ。ひどく狼狽《ろうばい》した様子の天沢が、歯切れ悪く言った。

「すまない。女性の手に触れる機会は普段まったくないから、つい」

あまりに初心なその反応は、彼が本当に女性に免疫がないのだと、如実に表している。

呆然として天沢の顔を見つめた晴香は、一気に気持ちをつかまれるのを感じた。

（どうしよう。……天沢さんが、すごく可愛い）

彼の年齢を考えれば、こんな反応は嫌だと感じる女性もいるに違いない。

だが晴香の目には、天沢の様子はとても純粋に映った。経験豊富な男性が相手の場合、晴香のように奥手なタイプは「重い」と思われたり、面倒がられる可能性もありそうだが、彼ならそんな反応をしない気がする。

晴香は天沢の手をつかんだまま言った。

「わたしたち、まだお互いに知らないことばかりですけど、少しずつわかり合っていけたらいいと思うんです。世間一般のカップルのスピードにこだわらず、……無理のないペー

スで」

「…………」

「天沢さんの手、指が長くてきれいですね。男の人の手がこんなに硬くて大きいなんて、わたし、初めて知りました」

はにかみながら笑顔でそう言うと、彼もにじむように微笑む。

そしてこちらの手をやんわりと握り返して答えた。

「そうだな。俺も君のことを、もっとよく知りたい。——焦らず、時間をかけて」

第5章

夏場の街中はアスファルトや建物の照り返し、車の通りが多いせいで、気象庁の予想より気温が二、三度高くなる。

良く晴れた月曜の午後、天沢はとある外資系企業を訪れていた。目的は、社内の福利厚生の一環として行われる書道ワークショップに講師として参加するためだ。

外国人の社員が多いせいか、参加者は書道に興味津々で、和やかなムードに包まれていた。彼らは天沢の着物姿、そして書く文字にいちいち感嘆のため息を漏らす。あちこちから矢継ぎ早に「先生」と呼ばれ、会場内を回る天沢はひどく慌ただしかったが、終わったときには心地よい疲労感に満ちていた。

「天沢先生、丁寧なご指導をありがとうございました。書道に関する催しは初めてだったのですが、社員にとても好評でしたので、また機会がありましたらよろしくお願いいたします」

「こちらこそ。どうもありがとうございました」

午後三時過ぎに外に出ると、ムッとした熱気が全身を包み込んだ。

往来にはたくさんの人が行き交っているが、日傘を差す女性や、ハンカチで暑そうに汗を拭っているサラリーマンの姿が目立つ。夏らしくすっきりと晴れた空を見上げ、天沢は照りつける強い日差しに目を細めた。

（タクシーで帰って、六時から書道教室か。小野さんは今日、八時のクラスだったな）

交際相手である晴香の顔を思い浮かべ、天沢は思わず頬を緩ませる。

書道教室の生徒である小野晴香とつきあい始めたのは、約一ヵ月前だ。以来、互いの都合がつく日に逢瀬《おうせ》を重ね、電話や通話アプリで毎日会話していた。

彼女はいつもにこやかで屈託がなく、そして可愛い。毎日何気ないメッセージのやり取りをし、顔を合わせるたび、天沢は晴香への気持ちが少しずつ増していくのを感じていた。

（今日は教室で顔を合わせることになるが……あまり緩んだ表情をしないよう、気を引き締めないとな）

会えることは確かにうれしいが、職場である教室では公私混同をするべきではない。

それから自宅に戻り、午後六時の教室を滞りなく終えた。間髪入れずに八時からのクラスが始まるため、天沢は隣の控室で喉を潤してから教室に向かう。

廊下側の前から三番目、いつも定位置に晴香がいた。あえてそちらには目を向けず、天沢は何食わぬ顔で教卓に立つ。

「こんばんは。まずは連絡事項です。市民美術書道展の募集要項が、今日からＷｅｂサイトで公開されています。申し込み期間は十月十七日から十一月二十一日までなので、もし作品を応募したいという方がおられましたら、僕か翠心先生までご相談ください。よろしくお願いします」

今日の課題は、「閑中至樂《かんちゅうのしらく》」にした。

何もすることがないことこそ最上の楽しみであるという意味の、四字熟語だ。〝楽〟の字が旧字体のため、バランスを取る難しさがある。

お手本を書き上げた天沢は、教室内を歩き始めた。受講者は課題の文字を書き終えたあと、それぞれ漢字や臨書、細筆による熨斗袋《のしぶくろ》や手紙文などの実用書、仮名文字などの練習をしていて、個々に合わせた指導が必要だ。順番に回っていくものの、途中で呼ばれたらそちらに対応するため、すべてを回りきるには時間がかかる。

始まってから一時間近くが経ち、ようやく晴香のところまでやって来た天沢は、後ろから彼女の手元を覗《のぞ》き込んだ。晴香は先週から引き続き、〝御礼〟の文字を練習しているようだ。天沢は微笑んで話しかける。

「小野さん、よく書けていますね。今日は何枚目ですか？」

「あ……三枚目、です」

教室では使用する紙の枚数に制限はないものの、むやみに書き散らすことを推奨していない。効果的な練習方法として、一枚書くごとに自分の文字の分析をするよう勧めている。

書き上げた文字をじっくり眺めれば、起筆と収筆、線の長さや角度など、直すべき点が必ず見つかる。そこを意識してもう一度書けば、少しずつ上達に繋《つな》がるという考え方だ。

一方でどうしても上手く書けない技術的な問題がある場合は、何十枚も書いて練習するのを勧めていた。要は「メリハリをつけて、漫然と書かない」というのが、天沢書道教室が推奨する練習方法になる。

講師はそうしたやり方を前提とした上で、的確な指導をする。天沢は晴香の書いた文字を眺めながら言った。

「〝御〟は熨斗袋などを書くときによく出てくる文字ですが、上手に書くにはいくつかのポイントがあります。まずは行人偏、左払いの二つの角度をつい平行に書きたくなるところを、上の払いをやや平らに短く、下の払いは四十五度くらいの角度で長めに書くと、きれいに見えます。真ん中の部分は縦の線が二本、横の線が四本と、狭いスペースに書くのは大変ですが、横の間隔を揃《そろ》えてやや右上がりに書くと整った形になります」

最後の四角い造りの部分は他の部首よりやや下げた位置に書き、縦角を長めに伸ばせば、全体的に美しくまとまる。

そう説明しながら実際に目の前で書いてみせると、晴香が目をキラキラ輝かせた。

「すごい。確かにきれいです」

「ポイントを理解していても、実際に筆で書くのは難しいものですが。よく見て練習してください」

「はい」

あくまでも講師として話をしつつ、彼女の大きな目や白い頬を間近で目にすると、心が疼《うず》く。天沢は精一杯普通の顔を作り、晴香の傍を離れた。

（……やばいな。気持ちを抑えないと）

——この一ヵ月間、彼女とは清い関係のままだ。

初めてデートをした際、晴香から「世間一般のカップルのスピードにこだわらず、無理のないペースで関係を深められたらいい」と言われ、天沢はそれを了承した。互いに恋愛初心者である以上、焦らず少しずつ内面を知りたいと思い、事実そうしてきた。

（……でも）

会うたびに彼女の可愛らしさ、ニコニコと愛嬌《あいきょう》のあるところ、一生懸命な部分に心惹《ひ》かれてやまない。交際を始めて以降、天沢の生活はこれまでとガラリと変わった。晴香とメッセージのやり取りをすることが日々のモチベーションの元となり、会うことを考えるだけで心が弾む。

だからこそ触れたい気持ちがじわじわと募って、天沢はそんな自分を持て余していた。この歳まで異性とつきあったことがなく、性的な経験が皆無である事実は、天沢の大きなコンプレックスだ。それを承知した上で交際を受け入れてくれた彼女には、感謝しかない。

男女交際の延長上にはそうした行為が含まれるのはわかっているものの、晴香も同じく未経験だと聞いている。自分の欲望で、初心な彼女を怖がらせたくない——そんな気持ちが、天沢の衝動にブレーキをかけていた。

（小野さんのおかげで、たまに手を繋ぐことはできるようになったが。……問題はこのあ

となんだよな）
そもそも手を握ることも彼女から提案してくれたのだから、情けない話だ。
なるべくさらりとそういう流れに持っていきたいと思うものの、童貞ががっついている
ように見えるのではと考え、なかなか踏み切れなかった。
（何だかな。……こういうことで悩んでも、誰にも相談できないし）
晴香は今の自分とのつきあいに、満足しているのだろうか。それとも、物足りないと感
じているのだろうか。
考えても答えが出ず、天沢は小さくため息をつく。そして教室が終わったあとの彼女と
の時間に、じっと思いを馳《は》せた。

＊　　＊　　＊

たった今、傍で直接指導をしていた天沢が、他の受講者を見るために離れていく。
その背中を、晴香は無言で見送った。
（天沢さん、今日もいい匂いがした。……着物にお香でも焚《た》きしめてるのかな）
講師である彼が受講者の目の前で実際に文字を書くことは、まったく珍しくない。だが
そうする際は後ろから腕を伸ばして書く形になるため、仄《ほの》かに体温を感じるほど身体が近
くなる。

そのたびに晴香は、ドキドキと高鳴る胸の鼓動を押し殺していた。

（意識しすぎだって、わかってる。……他の人にも、普通にやってることだし）

今日も天沢は、見惚《みと》れるくらいに涼やかだ。

薄墨の縞《しま》が入った能登上布の着物に明石縮《ちぢみ》の黒っぽい羽織を合わせ、生成りに藍の一本線が入った芭蕉布《ばしょうふ》の角帯が、グレイッシュブルーなトーンの着物の中でアクセントになっている。

つきあい始めて一ヵ月が経つが、彼は書道教室で晴香を特別扱いしたりはしない。極力目を合わせず、過剰に話しかけもせず、他の受講者とまったく同じように接しているため、自分たちが交際していることは誰にも知られていないはずだ。

（別に特別扱いされたいなんて思ってない。つきあってるのが周りにばれて、天沢さんに迷惑かけるのは嫌だから。……でも）

先ほどのように間近に来られて胸がぎゅっとするのは、晴香が彼を好きだからだ。

天沢はとても紳士的で、つきあって早々に身体を求めてきたりということは一切なかった。生真面目で堅物な印象は変わらず、それでいて言葉の端々で気遣いを見せてくれる。

そんな彼に、晴香はすっかり恋をしていた。

（たまに手は繋いでくれるようになったんだよね、最初のデート以降。それもわたしからお願いしたんだけど）

酔いに任せた図々しいお願いを、天沢は快く受け入れてくれた。

以来、一緒に食事した帰りなどに手を繋いでくれるようになったが、毎回必ず「触れていいか」とお伺いを立ててくるところが、面映ゆくもどかしい。

（もっとグイグイ来てほしいって思うのは、わたしの我儘《わがまま》なのかな。……手を繋ぐ以上のことも、してほしいのに）

いちいちこちらの意思を確認するのは、天沢が誠実であるがゆえだとわかっている。これまで異性とつきあったことがないため、余計にそうなのだろう。

しかし彼を好きになるのに比例して、晴香の中では触れてほしい気持ちが募りつつあった。天沢と日々他愛のないメッセージのやり取りをするのは楽しく、仕事の合間にスマートフォンをチェックするのがすっかり癖になっている。顔を合わせれば端正な佇《たたず》まいに胸が高鳴り、いつもより饒舌《じょうぜつ》になっている自分を感じた。

せっかくつきあい始めたのだから、もっと関係を深めたい。この一ヵ月でだいぶお互いのことを理解できたと判断するのは、早すぎるだろうか。

（天沢さんは、もう少し時間をかけるつもりなのかな……。もしかしたらこんなふうに考えるわたしを、「はしたない」って思うかも）

だとすれば、由々しき問題だ。こちらが抱えている下心は、断じて悟られるわけにはいかない。

実は今日の昼間、晴香は天沢との関係について同僚の木村奈美に相談していた。元々は彼女のほうから「先生とはどう？　上手くやってる？」と聞かれ、つい自分の中のモヤモヤを打ち明けてしまった。

　とはいえ彼に恋愛経験がないという事実は、プライバシーに関わるため話していない。交際のきっかけも、「キスの責任を取る形で、向こうから申し出てくれた」と多少の嘘《うそ》を取り交ぜて説明している。

　晴香からまだ天沢と身体の関係に至ってないと聞いた奈美は、ひどく驚いていた。

『すごいね、先生の忍耐力。大人の男女なんだから、さっさと身体の関係になって当たり前なのにさ。きっと小野さんのこと、気遣ってくれてるんじゃない？』

『……そうかな』

『そうだよー。今どき珍しいよ、そんなに合わせてくれる人。だってまだ二十九歳でしょ？　男が枯れるには早いもん』

『枯れる……』

　晴香の目から見た天沢は、まるで性欲などないかのように清廉な印象だ。元よりそうした欲求があるならば、とっくに彼女を作っていておかしくないと思う。

（そうだよ……天沢さんはあんなに恰好《かっこう》いいんだし、今まで彼女がいなかったこと自体が不思議なんだから）

　ならば自分には、彼が手を出したくなるような色気がないということだろうか。

　そう考え、晴香の気持ちは深く落ち込んだ。確かに自分は顔も童顔で、胸もさほど大きくない。年齢より若く見えるため、天沢がその気にならないのも無理はないのかもしれない。

（どうしよう。色気って、何をしたら出るの？　直球で聞いたりしたら、さすがに引かれるかな……）

奈美は「焦らず、自然に任せたら？」と言ってくれたが、晴香はずっと悶々《もんもん》としている。そのまま書道教室にやって来てしまったものの、講師モードの天沢は相変わらず真面目でクールだ。

このあと彼と会う約束をしている晴香は、どんな顔をしていいかわからなかった。だがせっかく書道教室に来て指導を受けているのだから、ちゃんと集中しないと失礼に当たる。

残りの一時間弱、晴香は〝御〟の字をじっくり練習した。最後の二枚ほどは納得のいくものが書け、充実感を味わう。

午後十時に稽古が終わり、続々と受講生が帰っていく中、徒歩数分のところにある駅裏のコンビニで時間を潰した。やがて十五分ほどして、私服に着替えた天沢がやって来る。

「天沢さん、お疲れさまです」

「ああ。待たせてごめん」

着物ではない彼は普段とかなり印象が違っているため、パッと見はわからない人が多いに違いない。

だが人目を引く端正な佇まいは変わらず、晴香はじんわり頬を染めて天沢を見つめた。

（かっこいいな。こんな人がわたしの彼氏なんて、まだ信じられない）

――いや、身体の関係がない今は、〝彼氏〟というには語弊があるかもしれない。

そんな考えが頭をかすめ、晴香の舞い上がっていた心がわずかにトーンダウンした。何しろ自分たちは、キスひとつしていないのだ。同じような状況で水嶋を婚約者だと認識していた自分を思い出し、晴香は気持ちが落ち込んでいくのを感じる。

（……誠ちゃんのときと同じだ。わたしと天沢さんは、厳密にいうと彼氏彼女じゃないのかもしれない）

そもそも自分たちの関係は、お試しの段階だ。天沢がこちらを「合わない」と感じた時点で、交際は終わりになる。そんなふうに考えていると、天沢がふいに言った。

「――どうした？」

「えっ？」

「何か元気がないように見えるが。もし具合が悪いなら、もう帰ったほうが」

「あっ、いえ、大丈夫です」

いつもなら地下鉄で街中に出るところだが、彼はこちらの様子を慮ったのか、近場の店に誘ってくる。

歩いて五分くらいのところにあるその店は、こぢんまりとした上品な店構えだった。

「ときどきランチに来ている店なんだ。昼は定食が二種類だけだが、夜はそれなりの料理を出す」

「そうなんですか」

高級な居酒屋といった雰囲気のその店は旬のメニューが豊富で、水晶茄子《なす》のお浸しや夏野菜のジュレ掛け、刺身の盛り合わせなどが彩り豊かで美しく、晴香は感心しながら舌鼓を打つ。

食べながらふと視線を感じて、晴香は不思議に思って天沢を見た。

「……何ですか?」

「いや。君はいつもニコニコと美味しそうに食べるから、連れて来る甲斐があるなと思って」

元々食べることが大好きなため、無遠慮に食べすぎただろうか。にわかに恥ずかしさが募り、晴香は小さく答えた。

「すみません。……本当に美味しいので、つい」

彼は冷酒を飲んでいて、硝子のお猪口《ちょこ》を傾けている。

指の長い手は無骨さはなく、繊細だ。切りそろえた爪に清潔感があり、天沢が紡ぎ出す流麗な文字を思い出した晴香は、彼に問いかける。

「天沢さんの書く筆文字ってすごくきれいですけど、普通にボールペンなんかで書く字もきれいなんですか?」

「いわゆる〝硬筆〟だな。俺は毛筆と合わせてやってきているから、それなりだと思うが。うちでは教えていないが、他の書道教室ではカリキュラムに含めているところもある」

「硬筆と毛筆って、やっぱり違うんでしょうか」

「わかりやすく例えるなら、毛筆は芸術系で、硬筆は国語系になるんだ。目的も毛筆が〝文字による自己表現〟であるのに対し、硬筆は〝正しく揃えて書くこと〟になる」

　意外にも専門的な話になり、晴香は興味深くそれを聞く。

　それぞれ学習の方向性も異なり、毛筆は文字の肉付けや筆法を学ぶが、硬筆は文字の骨格や字形を学ぶという。晴香は感心して言った。

「そっか。じゃあ、毛筆を学んだからといって、普段書く文字がきれいになるわけではないんですね」

「そうとも言い切れない。毛筆で身に着けた技術を、硬筆に応用することは可能だから。だが現代社会で実用的なのは、硬筆のほうかもしれないな」

　天沢は「実際に書いてみようか」とつぶやき、ペンを持っているか聞いてくる。晴香は急いでバッグからメモ帳とボールペンを取り出し、彼に手渡した。

「わあ……！」

　天沢がサラサラと書いたのは、〝天沢瑛雪〟という自分の名前だ。

　まるで印刷したもののように整った文字に、晴香は思わず見惚れる。バランスや形の美しさが際立っていて、さすがの一言だった。

「すごい、きれいです……！　こんなに整った字を書けるなら、きっと外で何か書くときに褒められますよね」

「まあ、そういうことがなくもない。俺は男だから、余計に」

彼は続いて、先ほどの字の隣に〝天沢伊織〟と書く。一体誰の名前かわからず、きょとんとする晴香に、天沢が言った。

「――俺の名前だ」

「えっ、天沢さんの？」

「瑛雪は雅号で、本名は伊織という。これまで君に言う機会がなくて、教えていなかった」

晴香は驚き、まじまじと彼が書いた名前を見る。そしてポツリと言った。

「響きも字面もきれいで、天沢さんの雰囲気にすごく合ってます。そっか、瑛雪さんは雅号だったんですね……」

「別に隠していたわけじゃない。いつ言おうかと、密かに悩んでいたんだ」

対外的には雅号を名乗ることが多いらしく、他の人が知らない本名を教えてもらった晴香は、胸がきゅうっとする。自分が天沢の特別になれたような気がして、うれしかった。

その後、牛もも肉のたたきやマトウ鯛《たい》の塩焼き、ウニの焼きおにぎり茶漬けなどを堪能し、外に出る。毎度のことながら奢《おご》られてしまい、申し訳なさをおぼえながら「ご馳走《ちそう》さまでした」と言う晴香に、彼が言った。

「自宅の最寄り駅まで、送っていくよ」

「えっ、いいですよ。もう遅い時間ですし」

「遅い時間だからこそだ。一人で歩かせるのは心配だし、何となく今日は元気がなかったし」

そこまで言った天沢が、「……失敗したな」とつぶやいた。

「酒を飲まなければ、車で送っていけたのに」

「天沢さん、車持ってるんですか？」

「普段は街中での移動が多いから、交通機関を使うことが多いが。ああ、どうせならタクシーのほうがいいか」

「い、いいえ。まだ終電まで時間がありますから、地下鉄で帰ります」

彼はどうしても「送る」と言って譲らず、結局二人で肩を並べて地下鉄へと向かう。

午後十一時半のホームは、人の姿がまばらだった。やって来た車両に乗り込むと、乗客は皆疲れたように目を閉じている。隣り合ってシートに座った天沢が、口を開いた。

「大通《おおどおり》で乗り換えだったな」

「はい。南北線なので」

五分ほど地下鉄に揺られ、途中で別の路線に乗り換える。

そこからさらに三駅乗ると、ようやく自宅の最寄り駅だ。地上に出た頃には時刻が深夜十二時近くになっていて、晴香は少しひんやりとした夜風に髪を揺らしながら言った。

「ここからは歩いて三分くらいです。すみません、こんな遅い時間に送っていただいて」

「いや。俺がどうしてもって言ったんだから、気にしなくていい」

晴香はドキドキする胸を押さえ、一旦口をつぐんだ。そして勇気を出し、ここまでの道中で考えていたことを口にする。

「あの――うちに寄って、お茶でも飲んでいきませんか？」

「……寄るって」

天沢が驚いたように眉を上げ、こちらを見る。やがて彼は、ばつが悪そうに答えた。

「そういうつもりで、君をここまで送ってきたんじゃない。遅い時間に迷惑だし、俺はもう帰るよ」

そう言って本当に踵《きびす》を返そうとしたため、晴香は急いで彼の手をつかんで引き留める。

「待ってください。わざわざ送ってもらったからこそ、家に寄っていってほしいんです。わたしは天沢さんと、もっと一緒にいたい。それって我が儘ですか？」

――自宅に誘ったのは、晴香にとって決死の覚悟だった。

これまでの一ヵ月、会うたびに天沢への想いは強くなり、「好き」という気持ちを自覚した。もっと触れたい、近づきたいと思うのに、彼は手を握る以外のことはせず、もどかしさが募っていた。

もしかしたら天沢は、自分に対して性的な興味を抱けないのかもしれない――そんな考えが頭をかすめ、気分が落ち込んでいたが、今日彼は晴香に自分の本名を教えてくれた。まるでこちらを特別にしてくれたようだと考えたら、気持ちを我慢できなくなった。たとえ天沢に「はしたない」と思われても、今の晴香は彼を引き留めたくてたまらない。

ぐっと力を込めて天沢の手を握ると、彼は複雑な表情で見下ろしてくる。そして抑えた声音で言った。

「俺も君と――一緒にいたいと思ってる。でも、いいのか？　こんな時間にお邪魔しても」

「はい。独り暮らしなので」

天沢が「じゃあ」と了承してくれ、自宅アパートに向かう。わずか数分の道中、晴香は手のひらに汗がにじむほどの緊張を感じていた。すると彼が、ポツリと言う。

「この辺りは、戸建てより賃貸が多いんだな」

「隣の駅が、H大学の最寄り駅なので。この辺りも学生向けの物件が多いんです」

「ああ、なるほど」

約三分の距離は、あっという間だった。単身者向けのアパートに到着した晴香は、二階の角部屋の鍵を開ける。

「どうぞ」

「……お邪魔します」

1LDKの室内は、すっきりと片づいている。少し前までの散らかり放題の部屋とは、大違いだ。

（……天沢さんのおかげなんだよね）

今までの晴香は片づけがまったくできず、弟の奏多がたまにやって来ては家事をしてくれていたが、天沢とつきあい始めて意識が変わった。

あんなにも才能があってきっちりとしている人に、軽蔑されたくない。少しでも釣り合う人間になりたい――そんな気持ちがこみ上げてたまらず、晴香は怠惰な生活を自主的に立て直した。

今は毎日必ず掃除をし、休みのたびに寝具の洗濯もしている。奏多が驚くほどの変貌ぶりで、だからこそ今日は天沢を自宅に誘うことができた。

興味深そうに室内を眺める彼に、晴香は恐縮して言った。

「すみません、狭いところで。天沢さんのおうちはあんなに広いお屋敷なので、何だか申し訳ないです」

「そんなことはない。一人住まいなら、このくらいの広さがちょうどいいだろうし」

「天沢さんは、独り暮らしは……？」

「大学のときにしていた。だから家事も一通りできる」

「あ、そうなんですか」

何を飲むか、具体的に種類を出して問いかけると、彼は少し考えて「じゃあ、冷たいお茶を」と答える。

冷たい緑茶をグラスに注いだ晴香は、それをお盆に載せ、ソファにいる天沢の元に持っていった。

「どうぞ」

「ありがとう。いただきます」

グラスに口をつけた彼が、一息つく。その様子を、同じソファの端に座った晴香は無言で眺めた。

部屋の中に、沈黙が満ちた。テレビが点いておらず、時間帯が深夜ということもあり、静寂が耳に痛いほどだ。晴香は目まぐるしく頭の中で考えながら、口を開いた。

「あの、わたし——天沢さんに、聞きたいことがあって」

「聞きたいこと？」

「はい。えっと……」

言おうか言うまいか、直前まで迷ったものの、晴香は結局口火を切る。

「天沢さんとおつきあいを始めて、一ヵ月が経ちますけど……いつまでも清い関係なのは、どうしてなんでしょうか」

天沢が虚を衝かれた様子で、表情を揺らす。彼は目に見えて狼狽《ろうばい》しながらつぶやいた。

「……それは」

「天沢さんがわたしのことを大切にしてくれてるのは、よくわかってます。いつもすごく紳士的で、言葉にも態度にもこちらに対する気遣いが溢《あふ》れてて。今日も、自宅から遠いのにここまで送ってくれて……すごくうれしかったです」

「………」

「でも今の状況は、ただの友人の域を越えてないんじゃないかと思って。だって普通の恋人同士は、もっと……肉体的接触があるものでしょう？」

話しながら晴香の心に、じわじわと情けなさが募る。

天沢が自分に手を出してこないのは、彼なりに何か理由があるのかもしれない。そう考えると、こうして詰め寄ること自体が彼の負担になっている気がして、押しつけがましい自分が嫌になった。

(はしたないって……思われてるかな、やっぱり。話さなきゃよかった)

せっかく楽しい時間を過ごして自宅まで送ってもらったのに、今の自分は天沢に不快な思いをさせてしまっている。

そう考え、うつむく晴香の目の前で、彼が口を開いた。

「──俺は君を、ただの友人だとは思ってない。それよりずっと特別で、大切にしたい存在だと思ってる」

「……っ」

はっきりとした意思を感じさせる言葉に、晴香は泣きそうになる。

そっと視線を上げて天沢の様子を窺《うかが》うと、ちょうどこちらを見ていた彼ともろに目が合った。じわりと頰を赤らめる晴香を見た天沢が、真面目な口調で言う。

「すまない。俺が態度をはっきりさせないばかりに、また小野さんに気を使わせてしまったんだな。この一ヵ月間、俺は充実していた。君とメッセージのやり取りをしたり、週に何度か会うのがとても楽しみだったし、だからこそ書道教室で普通の顔をするのに苦労していた」

「……天沢さんが?」

「ああ。他の人間と比べてはっきり違うレベルで、俺は君を特別に思ってる。にやついた顔を他の受講者に悟られないよう、必死に平静を装っていたんだ。笑えるだろう？」

その言葉は予想外なもので、晴香は半信半疑で彼を見つめる。天沢が言葉を続けた。

「小野さんはさっき『いつまでも清い関係なのはなぜなのか』と聞いてきたが、それは俺が手をこまねいていたからだ。君に触れたい気持ちは多分にあるのに、すぐにそういう行動に出れば、『がっついている』と思われるかもしれないという懸念があった。要は自分のささやかなプライドを保つため、素知らぬ顔をしてたってことだ。どんなに取り繕っても本心はそのとおりのくせに、情けない話だな」

どこか自嘲的な彼の発言に、晴香は小さく答えた。

「じゃあ天沢さんは……今まで我慢してたってことですか？」

「ああ」

「わたし――天沢さんから見て、自分に魅力がないのかもって思ってたんです。お試しでつきあい始めたけどその気にはなれなくて、断れないまま惰性で会ってくれてるんじゃないかって。今の状況は、幼馴染《おさななじみ》を婚約者だって勘違いしてたときと変わらないんだって思うと……何だか自信がなくなってしまって」

「俺の目から見た小野さんは可愛いし、とても魅力的だ。君は〝お試し〟と考えてるかもしれないが、俺にそんなつもりはない。ちゃんと真剣につきあいたいと思ってる」

天沢は「それに」と言葉を付け足した。

「君は今まで異性とつきあったことがないから、性急に事を進めるのには抵抗があるんじゃないかと考えていたのも、手を出さなかった一因だ。まあ、それも俺が及び腰だった言い訳といえば、それまでだが」

　晴香の胸に、深い安堵《あんど》が広がる。

　自分の気持ちが一方通行ではなく、彼も自分を想ってくれていたことに、泣きたいほどの喜びがこみ上げていた。

（天沢さんは真面目だから……安易に手を出さなかっただけなんだ。それなのにわたし、勝手にやきもきして問い詰めたりして）

　自分の浅慮さに、じわじわと居心地の悪さがこみ上げる。すると天沢は、こちらをじっと見つめて言った。

「――小野さんの気持ちは、よくわかった。話してくれてうれしいし、俺の言葉足らずを心から詫《わ》びたい。本当に申し訳なかった」

「そ、そんな」

「話を要約すると、俺はもう少し自分の欲求に正直になっていいということか？」

「えっ？　は、はい」

　頷《うなず》いた瞬間、天沢の腕が伸びてきて晴香の手をつかむ。身体を引き寄せられ、彼の胸に抱きしめられた晴香は、ドキリとして息をのんだ。

　天沢がやんわりと力を込めながら、頭上でつぶやく。

「……君はずいぶん華奢なんだな」

「えっ……？」

「それに柔らかい。いい匂いがする」

かあっと顔が熱くなるのを感じながら、晴香はしどろもどろに答える。

「あ、天沢さんも……いい匂いがします。お香みたいな」

「ああ、着物をしまう引き出しに、匂い袋が入ってるんだ。たぶんそれが身体に染みついてるんだと思う」

彼は至って冷静な口調で、余裕のある様子に晴香は感心してしまう。しかし服越しに天沢の心臓の鼓動を感じるのに気づき、ふと動きを止めた。

（天沢さん、すごいドキドキしてる……。実は結構緊張してる？）

そう思うと彼の表情を確かめたくてたまらず、晴香はそうっと視線を上げて天沢の様子を窺う。

途端に思いのほか近い距離で視線がかち合い、目が離せなくなった。

「あ、……」

小さく声を漏らした瞬間、唇が重なって、晴香はただ彼を見つめ返す。

触れるだけですぐに離れた天沢が、再び口づけてきた。

「……んっ」

唇の感触は意外にも柔らかく、晴香はぎゅっと目をつむる。何度も確かめるように押しつけた彼は、やがて舌先で唇の表面をなぞってきた。

自然と唇が開き、少しずつキスが深くなる。自分の心臓が破裂しそうに速い鼓動を刻んでいるのを、晴香は強烈に意識していた。

「……嫌じゃないか？」

ふいに天沢がそう問いかけてきて、晴香は目を開ける。

端正な顔に胸を高鳴らせながら急いで首を横に振ると、彼はかすかに微笑み、またキスをしてきた。

「……っ、ん、……ぁ……っ」

ぬるぬると絡ませる舌の感触が淫靡《いんび》で、体温が上がる。

次第に頭がぼうっとしてきて、晴香は与えられるキスをただ受け止めることしかできなかった。やがて天沢の手が、胸元に触れてくる。

「あ……っ」

胸のふくらみを手のひらで包み込まれ、やわやわと揉《も》まれる。彼は体勢を変え、晴香の身体をソファの座面に横たえてきた。

目元や頬、耳殻を唇でなぞられて、思わず首をすくめる。天沢のかすかな息遣いが鼓膜をくすぐり、ゾクゾクとした感覚が背すじを駆け上がって、ひどく落ち着かない気持ちになった。

（どうしよう……ここでするの？　寝室に誘ったほうがいいのかな）

一体どのタイミングで言ったらいいのかを決めあぐねているうち、彼の手がカットソーの内側に入り込んでくる。

大きな手のひらは乾いた感触で、腹部を撫《な》でたあとブラ越しに胸に触れた。揉みしだかれる動きに晴香が息を詰めると、天沢が上衣を捲《めく》り上げてくる。

皓々《こうこう》とした明かりの下で肌を晒《さら》された途端、一気に恥ずかしさが募った。彼はブラのカップをずらし、胸のふくらみをあらわにしてくる。そしてそこに、唇を寄せた。

「ぁ……っ！」

胸の先端に舌が触れた瞬間、身体がビクリと震える。

濡《ぬ》れて柔らかい舌先が乳暈《にゅううん》をなぞり、そこが芯を持つのを晴香は感じた。舌で押し潰されるとじんとした感覚が走って、身の置き所のない気持ちがこみ上げる。晴香の胸を嬲《なぶ》りながら、天沢がつぶやいた。

「……可愛い」

「あっ……！」

吸い上げられる動きにかすかな疼痛《とうつう》が走り、思わず息を乱す。

淫靡な感覚がどんどん高まっていき、晴香は上気した顔で彼を見つめた。天沢の目には押し殺した情欲がにじんでいて、男っぽさを感じるその眼差しに、身体の奥が熱くなる。

「ん……っ」

上体を起こした彼が再び唇を塞いできて、晴香はそれを受け入れる。

ぬめる感触が口腔《こうこう》に押し入り、ザラリとした表面を擦り合わされて、喉奥からくぐもった声が漏れた。同時に指で胸の尖《とが》りをいじられ、疼痛と紙一重の快感にビクビクと身体が震える。

天沢の繊細な指が自分の胸に触れていると思うだけで、晴香は興奮のボルテージが上がっていく気がしていた。

「ぁっ……天沢、さん……っ」

「……こっちも、触れていいか」

「えっ？　あ……っ」

彼の手がスカートをまくり上げ、太ももを撫でながら脚の間に触れてきて、晴香は一気に頭が煮えそうになる。

まだ下着越しなのに大袈裟《おおげさ》なくらいに腰が跳ねてしまい、身体がぎゅっとこわばった。布越しに割れ目をなぞられると、蜜口から溢れ出た愛液がじんわりと染みてくるのがわかる。それが恥ずかしくてたまらなかったが、天沢は嬲る手を止めようとしない。彼の指がときおり敏感な花芽をかすめて、こみ上げる甘ったるい愉悦に晴香は声を漏らした。

「は……っ、んっ、ぁ……っ」

「……っ」

こちらの痴態を見下ろす天沢の眼差しには、まったく余裕がない。それでも必死に己を律しているのか、触れる手に粗暴さは一切なく、晴香は彼へのいとおしさを感じた。

「……っ……天沢さん……ぁっ……！」

名前を呼んだ瞬間、天沢の手が下着のクロッチの横から中に入り込んできて、直接花弁に触れる。

蜜口からは愛液が溢れていて、彼の指がぬるりと滑った。割れ目をなぞる指が敏感な尖りを撫で、晴香は小さく声を上げる。するとその反応を見た天沢が、繰り返し同じところを嬲ってきた。

「はぁっ……待っ、あ……っ」

「すごく濡れてる……ここは痛くないか？」

「痛くない、ですけど……っ、あ、そこばっかり……っ」

指先でコリコリと撫で、ときおり押し潰すようにされると、蜜口が際限なく潤んでいく。

気づけば顔がすっかり上気し、晴香は涙目で喘《あえ》いでいた。恥ずかしいのに気持ちよく、身体が熱くてたまらない。濡れた下着をいっそ脱がせてほしいと思う反面、部屋の明るさが気になって、晴香は何ともいえない気持ちを味わった。

それを見下ろした天沢が、何かをこらえるようにぐっと奥歯を嚙《か》み、突然行為を中断する。下着の中から出ていく彼の手に戸惑い、晴香は彼に問いかけた。

「天沢さん……？」

「――すまない。箍《たが》がはずれて、一方的に君に触ってしまった」

突然そんなふうに謝られ、晴香は驚いて首を横に振った。

「どうして謝るんですか？　嫌じゃないので、このまま続きをしてください」

天沢がかすかに顔を歪《ゆが》め、こちらを見ずに答える。

「……それはできない」

「どうして……」

「避妊具がないんだ。この状況で最後までするのは、男としてあまりにも無責任だろう？」

晴香は驚いて彼を見つめる。避妊具の有無について、確かに何も考えていなかった。

（そっか……男の人が常時そういうものを携帯してるとは、限らないんだ。ましてや天沢さんは、今までそういう相手がいなかったんだし）

考えなしに行為の続きをねだってしまったことが情けなく、晴香はしゅんとしてうつむく。すると天沢が腕を伸ばし、こちらの頬を撫でて言った。

「そんな顔をしないでくれ。俺の準備が足りないばかりに、中途半端な形になってしまって、悪かったと思ってる」

「謝らないでください。天沢さんはわたしのことを思ってそう言ってくれてるんだって……わかってますから」

ふと視線を巡らせた晴香は、彼の股間が兆したままなのに気づく。

こちらとは違って衣服を一切乱していない天沢だが、それなりに興奮していたらしい。

晴香は腕を伸ばし、彼の脚の間に触れた。天沢がビクッと身体を震わせ、こちらを見る。

「……っ、一体何を……」

「最後まではできませんけど、触るだけなら大丈夫ですよね？　わたしもします」

そう言って彼のベルトを緩めようとした晴香だったが、天沢がぐっと手をつかんで押し留めてくる。

「俺のことは気にしなくていい。放っておけば、そのうち治まるし」

「天沢さんばっかりわたしに触るの、ずるいです。わたしだって触れてみたいのに」

彼は動揺した顔をしているものの、制止していた手の力が緩んでいく。

晴香はソファの上で彼ににじり寄り、そのベルトに手を掛けた。スラックスのファスナーを下ろすと、布越しでも兆しているのがよくわかる。下着を引き下ろした途端、充実した屹立《きつりつ》が姿を現した。

（わ、おっきい。すごい……）

初めて見た男性器は、形がひどく淫靡だ。普通の肌より色が濃く、丸い先端にわずかに切れ込みが入っている。

幹の部分には太い血管が走り、いかにも硬そうに張り詰めていた。顔がじわじわと赤らんでいくのを自覚しながら、晴香はそうっとそれに触れてみる。途端に反応した屹立がわずかに震え、びっくりして天沢の顔を見た。

「ご、ごめんなさい、痛かったですか？」

「いや、痛くは……。悪いがあまり、見ないでくれないか」

「何で……」

「恥ずかしいんだ、それなりに」

彼はひどく狼狽した顔で視線を泳がせていて、その頬や耳が赤くなっているのがわかる。

あまりに初心なその様子に、晴香は胸がきゅうっとするのを感じた。

(天沢さん、可愛い……。わたしに見られるのが、恥ずかしいんだ)

自分の身体に欲情し、こんなにも昂《たか》ぶらせているのが、いとおしくてたまらない。

晴香は再び腕を伸ばし、天沢のものに触れた。力を入れすぎないよう気をつけつつ、先端の丸い部分を撫でて幹の部分を刺激する。

彼が息を詰める気配がして、屹立の硬度が増した。鈴口から透明な体液がにじみ出し、亀頭を撫でるたびに淫らな水音が立つ。天沢がときおり熱っぽい息を漏らすのが聞こえ、晴香の興奮もじわじわと高まっていった。

(もっと気持ちよくなってほしいな。握る力とか、もう少し強くしたらどうなんだろう)

刺激する強さや撫で方を若干変えてみると、彼が小さく呻《うめ》きを漏らし、反応が目に見えて良くなる。意外に強めでも大丈夫なのだと感じた晴香は、亀頭とくびれを重点的に刺激した。

やがて彼が顔を歪め、ふいに昂ぶりの先端から白濁した体液がドクリと吐き出される。

「……っ」

自分の手を濡らした精液を、晴香は呆然と見つめた。すると天沢が、息を乱しながら謝ってくる。

「……っ、悪い。すぐに拭くから」

テーブルに置かれたティッシュを引き寄せ、彼は晴香の手を丁寧に拭いてくれる。そして自身の後始末もし、服の乱れを直した。

「…………」

天沢は苦虫を嚙み潰したような顔をしていて、晴香は不安になって彼を見つめる。「調子に乗って、やりすぎてしまったのだろうか」と考えながら、小さく謝罪した。

「あの……ごめんなさい、天沢さん。ひょっとしてわたしに触られるの、嫌でしたか……？」

晴香の言葉を聞いた天沢が、驚いたようにこちらを見る。彼はすぐに眦《まなじり》を緩め、苦笑いして言った。

「いや。あまりにも早く達ってしまって、君に幻滅されたかと考えていただけだ」

「そ、そんなことないです。わたし、いろいろ下手くそで、すみません」

何しろこうした行為が初めてなため、どう振る舞うべきなのかまったくわからない。

天沢はそんな晴香を見つめ、腕を伸ばして抱き込んできた。彼の身体の大きさ、服越しに感じる硬さや匂いにドキリとしていると、頭上からひそやかな声が響く。

「…………好きだ」

熱を孕《はら》んだささやきに、晴香の胸の奥がきゅうっとする。

なし崩しに触り合ってしまったが、これまでわからなかった互いの気持ちを知ることができて、ぐっと親密さが増した気がした。

「わたしも……天沢さんが好きです。今日は勇気を出して自宅に誘って、よかったです」

そっと天沢の背中に腕を回し、力を込めてみる。

しっかりとした骨格が男らしく、しなやかな筋肉の感触にドキドキしていると、彼がこちらを見下ろして言った。

「今日は俺の準備不足だったから、日を改めて仕切り直しをさせてほしい。提案があるんだが、今度お互いの休みを合わせて、どこかに出掛けるのはどうだろう」

「えっ？」

「俺が車を出すから。君さえよければ、一泊してもいい」

思いがけない提案に、晴香はみるみる表情を輝かせる。迷う余地はなく、天沢を見上げて答えた。

「行きたいです……！　私の仕事は、たまに連休もあるので」

「そうか。じゃあ、何かいいプランを練っておく」

第6章

天沢書道教室は街中から地下鉄で三駅、駅からは徒歩五分のところにある。近隣にはセレクトショップやカフェなど数多くの店がひしめき、近くに大きな神社や動物園などがある、にぎやかな立地だ。

現在母親と二人暮らしの天沢だが、家業の性質上、自宅にはそれぞれ結婚して家庭を持つ二人の姉が日常的に出入りしている。

火曜日の朝九時半、十時からの書道教室に備えて着物に着替えた天沢は、居間に向かう。そこには姉の瑞希と華がいて、何やら世間話をしていた。ちょうど二人に用があった天沢は、足を止めて彼女たちに話しかける。

「――急だが、来週の木金で休みが欲しい。迷惑をかけて申し訳ないけど、調整を頼んでいいか」

二人が同時に眉を上げ、スーツ姿の瑞希が口を開く。

「どうしたの、いきなり。何か急用？」

「ああ。今のところ打ち合わせなどは入ってないから、その日は新規で入れないでくれると助かる」

「それは大丈夫だけど」

そう答える瑞希の向かいに座った和服姿の華が、帯の間に挟んでいた自分のスマートフォンを取り出す。そしてスケジュールアプリを表示させ、画面を眺めながら言った。

「丸二日間、教室のほうを私一人で見ろってこと？　できなくはないけど、結構きついわ。一日じゃ駄目なの？」

「できれば二日。どうしても無理なら、金曜の午後六時と八時の稽古は出る」

するとそれを聞いた二人が、顔を見合わせる。そして目を爛々《らんらん》と輝かせ、天沢に向かって言った。

「ねえ、それってもしかして、最近あなたが頻繁に会ってる相手とどこかに行くってこと？　それも泊まりで？」

「伊織くん、どんな子なのか白状なさいな。でないと教室のほう、代わってあげないわよ」

興味津々な様子を隠さない姉たちを、天沢はじっと見下ろす。そして冷静な口調で告げた。

「悪いが、答えるつもりはない。もし姉さんが稽古を代われなければ、臨時休講の知らせを出すまでだ。これまで俺は休みらしい休みを取らずにきてるし、一日二日休んでも罰は当たらないと思う」

天沢は「それから」と付け加える。

「俺のプライベートに首を突っ込んで引っ掻《か》き回す気でいるなら、断固として拒否する。今後姉さんたちとのつきあいをすっぱり切るつもりでいるから、心しておいてくれ」

二人は虚を衝かれた様子で口をつぐむ。やがて瑞希が、どこか気分を害した顔で言った。

「やあね、何をそんなにムキになってんの。ただの好奇心だし、家族なんだから、それくらい教えてくれたって――」

「しっ、駄目よ、姉さん。伊織くんをごらんなさい、本気の顔をしてるわ」

華がそう言って姉をたしなめ、こちらを見る。

「ごめんなさい、私たちも悪ふざけが過ぎたわ。確かにあなたは休みなく働いていたんだから、お稽古は代わってあげるし、余計な詮索もしない。これでいいわね？」

「ああ。ありがとう」

居間を出た天沢は、離れへ繋《つな》がる扉の鍵を開け、渡り廊下を進む。そして中庭を横目に途中にある講師用の控室に入ると、襖《ふすま》を閉めた。

(よし。休みは取れたし、宿の予約をしないと)

スマートフォンを操作し、旅行サイトを検索しながら、天沢は動きを止める。脳裏に昨夜のでき事が生々しくよみがえり、気づけばじわじわと顔が赤らんでいた。

(……思い出しすぎだろ。これから仕事だっていうのに)

昨夜の彼女の身体の柔らかさ、甘い声、素直な反応を思い出し、天沢は揺り起こされそうになる官能を必死で抑え込む。

性的な経験がないせいか、晴香は最初戸惑いがちだったものの、嫌がってはいなかった。身体は敏感で、触れればビクビクと跳ねて反応を返す。彼女が感じていることは明らかで、天沢は最後までしてしまいたい衝動を抑えるのに苦労していた。

（我ながらよく止められたな。今まで避妊具なんて持ち歩いたことがなかったが、ないとああいうときに困るのか）

途中で行為をやめた天沢に対し、晴香は「自分もしたい」と言って、こちらの昂《たか》ぶりに直接触れてきた。

目の前で達してしまったのには忸怩《じくじ》たる思いがこみ上げるが、「仕切り直しに、一泊でどこかに行くか」という提案に彼女は喜び、天沢は今こうして宿を探している。

（初めて車で出掛けるんだし、あまり遠くないところのほうがいいか。だったら隣のO市かA川温泉辺りの、雰囲気のいいところで……）

スマートフォンの画面をスクロールしながらも、天沢の脳裏には晴香の面影がちらついて離れない。一度触れたら彼女への愛情は増し、顔が見たい気持ちが疼《うず》いてたまらなくなった。

（……少し落ち着け。こんな浮ついた気持ちでいたら、周りにおかしく思われる）

最近は夜に出歩くことが多くなったせいか、母親や姉たちは天沢の変化に気づいていたようだ。

案の定、好奇心いっぱいの顔で首を突っ込もうとしてきたため、先手を打って釘《くぎ》を刺しておいた。天沢の拒絶に瑞希は不満そうにしていたものの、彼女に比べていくらか分別のある次姉の華が制止し、「余計な詮索はしない」と約束してくれた。

周囲からの横槍《よこやり》を抑えることができたのだから、早く晴香との関係を盤石にしたい。それにはうっかり足元をすくわれないよう、自分のなすべきことをするのが大前提だ。

それから約十日間、天沢は精力的に仕事をこなした。依頼された作品を納品し、打ち合わせに出掛け、展覧会に出品する生徒のための練成会も行う。

そして木曜の朝、車で晴香の自宅まで迎えに行った。

「天沢さん、迎えに来てもらってすみません」

現れた晴香は、紺のノースリーブのトップスにベージュのワイドパンツを合わせた、涼しげな恰好《かっこう》だ。手首のブレスレットやシルバーのピアス、黒いサンダルが、華やかさをプラスしている。

(……可愛いな)

荷物は手に持っている籠バッグの他、小ぶりなボストンバッグがひとつらしい。

天沢は彼女の荷物を受け取り、後部座席に置いてやる。助手席に乗り込んだ晴香が、笑って言った。

「天沢さんとはいつも地下鉄で移動してたので、車だとちょっと気分が違いますね」

「小野さんと会うときは、毎回酒を飲んでしまっていたからな。車で送れなくて申し訳なかった」

「そんな。地下鉄で最寄り駅まで送ってもらって、かえって恐縮です」

晴香の自宅を初めて訪れて以降、天沢は三回ほど彼女と会ったものの、性的な面での進展はない。

だが帰り際にキスが加わったのが、大きな違いだ。人目を避けて交わす触れるだけのキスは、些細《ささい》な接触だったが互いの心を甘く満たした。回を重ねるごとに少しずつ想いの密度が増し、天沢は以前よりずっと晴香のことを好きになっているのを感じている。

彼女がシートベルトを締めながら言った。

「O市までは、車で一時間くらいでしたっけ。小学校の頃は家族で日帰りで遊びに行ったり、中学のスキーで行ったことがあるんですけど、大人になってからは全然行く機会がなかったので、楽しみです」

晴香は車の免許を持っていないらしく、天沢は「確かに車がなければ、わざわざ行かないだろうな」と考える。全国的に有名な観光都市だが、居住地から近すぎて、かえって旅行先の候補からは外してしまいがちだ。

サイドブレーキを下げ、ハザードランプを解除する。ハンドルを右に切りながら、天沢は彼女に向かって言った。

「――じゃあ、行こう。どこか途中で寄りたいところがあったら、遠慮なく言ってくれ」

＊　＊　＊

七月下旬になった最近は気温の高い日が続き、今日の予想最高気温は三十度となっている。

隣の市である○市も、距離からするとほとんど気候は変わらないはずだ。車の助手席に座る晴香は、隣でハンドルを握って運転する天沢の様子をそっと窺《うかが》った。

（天沢さんが車を運転する姿、初めて見たけどかっこいいな……。しかも何気に高級車だし）

自宅が和風の大邸宅であるのを考えれば、さほど意外でもない。彼の祖父や父親は高名な書道家だったというから、元々かなり裕福なのだろう。加えて天沢自身、商業的な仕事を数多くこなしたり、メディアへの登場もしばしばあり、書道家として成功している。

（そんなハイスペックな人が、わたしの彼氏なんて。……何だかちょっと気が引けるな）

交際を始めて以降、彼は勿体《もったい》ないくらいに晴香を大事にしてくれる。

生真面目な性格の天沢は、とても誠実にこちらに向き合ってくれていた。先週自宅に誘い、途中まで行為をしてからは、晴香に対する態度が目に見えて甘くなっている。

見つめる眼差しには熱があり、別れ際には触れるだけのキスをしてくれるようになって、必ず「好きだ」とささやく——そんな彼に対する愛情が増していくのを、晴香は日々感じていた。

（今回の旅行、すごく楽しみだったけど……するんだよね、今夜）

前回は避妊具の用意がなく、互いに触り合うだけで行為は終わった。あのとき彼は「仕切り直しをさせてほしい」と言い、今回の一泊旅行を企画してくれたが、それはすなわち彼と初体験するのを意味する。

旅行に行く話を聞いた奈美は、「よかったねー」と自分のことのように喜び、新しい下着を買うのにつきあってくれた。服装もあれこれ考えた末のコーディネートだが、天沢の目にはどう映っているだろう。

(可愛いって、思ってくれてるかな。……思っててくれたらいいな)

平日の午前中とあって、幹線道路はそこそこ混んでいる。「市街地を抜ければ、少しは走りやすくなるのだろうか」と晴香が考えていると、天沢が口を開いた。

「――このあいだの稽古で書いた君の字を見たが、だいぶいい文字を書くようになってきたな」

急に思いがけない言葉をかけられた晴香は、パッと目を輝かせる。

「本当ですか?」

「ああ。たまたま受講生の習作を見ていた姉が、『伸びやかで素直な、いい文字だ』と褒めていた。俺も同じように思ってる」

書道教室のもう一人の講師である天沢翠心は、彼に負けず劣らず実力のある書道家らしい。

幼い子どもがいるために商業的な活動は抑えているものの、これまで大きな展覧会で何度も入賞しており、その美貌から業界内には彼女のファンが多いという。晴香は面映ゆさをおぼえながら答えた。

「翠心先生に褒めてもらえて、すごくうれしいです。とってもきれいな方ですけど、もう一人のお姉さんもお顔が似てらっしゃるんですか？」

「姉二人は、あまり似てないな。一番上の姉は髪が短くて、はっきりした顔立ちをしているんだ。性格はせっかちな上、アグレッシブで、少しがさつなところがある。三十四歳になってても母からしょっちゅう小言を食らうくらいだし、あれでよく結婚できたと思うよ。義兄は草食系の、優しい人だ」

「そっか。お二人とも、結婚されてるんですね」

長女の瑞希には六歳の息子がおり、翠心——本名を華というらしいが、彼女には三歳の娘がいるという。

天沢の家族の話を聞くのは興味深く、晴香は楽しい時間を過ごした。すると天沢がふいに問いかけてくる。

「ところでこのあいだ、君が江本《えもと》さんたちと話しているのを見たが。親しいのか？」

「あっ、いえ、そんなことはないんですけど。いきなり話しかけられちゃって」

江本奈々《なな》、木下映美《きのしたえみ》、野村《のむら》あいは、晴香が初めて書道教室を訪れたときに見たＯＬ三人組だ。

二十代前半の彼女たちは高校時代からの友人同士で、全員が天沢のファンらしい。ときおり稽古の時間が同じになることがあるが、江本たちは天沢の動向を常に注視しており、頻繁に彼を呼びつけていた。しかしそれは書道に真剣に取り組んでいるからではなく、あくまでも天沢と接点を持つためのようで、他の受講生たちとは明らかに温度が違っている。

そんな彼女たちが突然晴香に話しかけてきたのは、一昨日の話だ。稽古が始まる前に近寄ってきた三人は、笑顔で言った。

『小野さんだよね？　たぶん同い年くらいだろうなーって思ってて、私たち、前から話しかけてみたかったんだ』

『仕事、何やってるの？』

思わず身構えてしまった晴香だったが、江本たちはニコニコとフレンドリーだった。少し世間話をしたあと、野村がスマートフォンを取り出して言った。

『ね、せっかくだからアドレス交換しない？　通話アプリで繋がろうよ』

断る理由がなかった晴香は、それを了承した。

稽古が終わったあと、カフェで仕事の職種や住んでいる場所などを細かく聞かれたが、質問に答えるうちにだいぶ打ち解けられたように思う。

（……でも）

晴香の個人情報を矢継ぎ早に聞いたあと、彼女たちはパッタリ連絡を寄越さなくなった。それがあまりに唐突すぎて、少し戸惑っている。

（まあ、お互い社会人だし、忙しくなったらそんなものだろうけど）

「……どうした？」

天沢に不思議そうに問いかけられた晴香は、我に返る。そして取り繕う笑みを浮かべて答えた。

「いえ、何でもないです。教室で話せる人ができて、通うのがまた楽しくなりました」

「そうか」

市街地を抜けると車の流れは順調で、目的地の手前にある小さな港町で休憩した。

海沿いにあるその町はサーファーのあいだで人気があり、最近は飲み物や軽食を売るおしゃれなスタンドバーやカフェが増えている。

海が見えるカフェでケーキとコーヒーをオーダーしたが、天沢が実は甘党だと初めて知った。堅物な彼にしては意外な嗜好《しこう》に、晴香は微笑ましい気持ちになる。

「天沢さん、おうちでも甘いものを食べるんですか？」

「いろいろと貰《もら》いものが多いんだ。でも甥《おい》や姪《めい》が欲しがれば、譲るくらいの分別はある」

「優しい叔父さんですね」

そこから二十分ほど車で走ると、O市の観光スポットに出る。今夜泊まる予定のホテルに近い駐車場に車を入れて降り立つと、明日から始まる大きなお祭りのポスターが目に入った。晴香は思わずそれに見入りながら言った。

「天沢さん、潮《うしお》まつり、明日からですって。ニュースで見たことは何度もあるんですけど、すっごく大きなお祭りですよね」

天沢が横からポスターを覗《のぞ》き込み、あっさり答える。

「明日、ちょっと寄ってみるのもいいかもな」

「えっ、いいんですか？　でも、水族館に行くんじゃ」

「せっかく来たタイミングであるイベントなんだから、寄らない手はないだろう。水族館に行ったあとでも、時間は充分あると思う」

急遽《きゅうきょ》お祭りに参加するというイベントが加わり、晴香はワクワクした気持ちを抑えきれない。「楽しみです」と笑うと、彼も微笑んで言った。

「俺も楽しみだ。じゃあ、行こうか」


O市は、明治時代から商都として栄えた街だ。

政令指定都市から電車で三十分というアクセスの良さと、石造りの倉庫街や歴史的建造物、ノスタルジックな町並みで、全国的に人気がある。

運河沿いは絶好の撮影スポットのため、カメラやスマートフォンをかざして写真を撮っている観光客が多い。日焼けした若い男性が引く人力車もあり、華やいだ雰囲気だ。

照りつける強い日差しに目を細めながら歩き、運河沿いの大通りから一本内側に入る。

そこは明治大正の古い建物が立ち並ぶ、もっともにぎやかな商店街だった。

「わあ、すごい。いかにも観光地な雰囲気ですね……！」

「日本人より、外国人の観光客が目に付くな。今日が平日のせいかもしれないけど」

まずは市の歴史的建造物に指定されている、硝子館に入る。

明治期の倉庫を改装した建物は石造りで、中が少しひんやりしていた。色とりどりのガラス細工は繊細で美しく、制作体験やワークショップも行われているらしい。

通りには他にも菓子店や海鮮丼の店、お土産屋などがひしめき合っているが、晴香はその中の一軒の店に目を留めた。

「天沢さん、ここの酒造で原酒の試飲ができるんですって。入ってみますか？」

「ああ」

O市で唯一地酒を造っているこの酒造は、昭和初期を再現した店内がどこか懐かしい雰囲気だ。生原酒を始めとした十種類ほどの日本酒を試飲でき、あれこれ感想を言いながら味わう。

（楽しいな。今日と明日、ずーっと天沢さんと一緒にいられるなんて、嘘《うそ》みたい）

二十分後に出た外は汗が噴き出るほどの暑さだったが、炉端焼きの店で焼き牡蠣《かき》や帆立などをテイクアウトして食べたり、有名菓子店で試食した紅茶風味のチョコレートを気に入って買い込んだりと、晴香は旅行気分を満喫した。

やがてあちこち歩き回った午後三時、車から荷物を取って宿泊先に向かいながら、充足の息を漏らす。

「すごいですね、地元から一時間くらいしか離れてないのに、こんなにちゃんと旅行ができるなんて。何だか得した気分です」

「喜んでくれてよかった。距離的に近すぎるのはどうかと思ったが、君はあまり来たことがないと言っていたから。選んで正解だったな」

長い時間一緒にいる分、今日の天沢は折に触れてリラックスした表情を見せてくれ、晴香は胸がいっぱいになる。彼は年上らしい落ち着きがあり、自分ばかりがはしゃいでしまっていて恥ずかしいくらいだ。

やがて到着した宿泊先は、町並みにマッチしたレトロな外観のホテルだった。中に入ると、木製のフロントやアンティークのソファセットがまるで外国に来たかのような雰囲気を醸し出し、壁際には暖炉まである。

天沢が予約してくれたのは、新館にある四十五平米の広さのデラックスツインだ。広々とした室内は淡い紫とグレーのシックな色合いで統一され、いかにも女子が好きそうなロマンチックな雰囲気に晴香はため息を漏らす。

「素敵……こんなに広いお部屋に泊まるの、わたし初めてです」

「夜になると、窓からきらめく港や運河が見えるらしい。ガス灯の明かりで、石造りの倉庫群がほんのり照らされるのがきれいだそうだ」

「すごく楽しみです」

それから少し部屋で休憩し、夜は館内にある鉄板焼きの店で夕食を取った。その後は別の階にあるバーで飲むことになったが、晴香の中でじわじわと緊張が募る。

（どうしよう、このあとのことを考えると、ものすごく緊張してきた……）

天沢とつきあい始めて一ヵ月が経つ頃、なかなか進展しない関係に焦れて、晴香は自分の気持ちを彼にぶつけた。

その結果、天沢は自身の心情を正直に話してくれ、二人の関係はぐっと近づいた。今回の旅行は天沢が言うところの〝仕切り直し〟だが、いざそういう時間が近づいてくると、にわかに怯《おび》えのような感情がこみ上げてくる。

（こんな気持ち……天沢さんに気づかれちゃ駄目だ。せっかく一生懸命プランニングしてくれたのに）

今日一日、晴香は楽しかった。あちこちを見て旅行気分を満喫し、素敵な宿まで取ってもらえて、より彼のことを好きになった気がした。

だから少しでもネガティブに感じられる態度は、取るべきではない。そう考えた晴香は、手元の酒のグラスを勢いよくあおる。

「そんなに一気に飲んで大丈夫か？」

天沢が気がかりそうに問いかけてきたものの、晴香は笑顔で返す。

「大丈夫です。日中暑かったせいか、すごく喉が渇いちゃって」

酒を飲んで、自分の中の気鬱を少しでも払拭したい。

そう考えた晴香は、気づけばかなりの杯を重ねていた。一時間半が経つ頃にはひどく酔っ払ってしまい、天沢に「もうやめたほうがいい」と言われて支えられるようにして部屋に戻ったところまでは覚えているが、その後の記憶はない。

　ふと目覚めたとき、見知らぬ薄暗い室内が目に飛び込んできて、晴香は動揺した。

（えっ、ここどこ？　わたし、今まで何をして——）

　身体を起こしたところで、自身の置かれた状況を理解する。

　ここはＯ市のホテルで、客室のベッドに寝かされている状態だ。衣服はまったく乱れておらず、寝具の上掛けが掛けられている。

　慌てて周囲を見回すと、薄暗い部屋の窓辺に天沢が佇《たたず》んでいるのが見えた。晴香はベッドから降り、彼に声をかける。

「天沢さん、あの……っ」

「——ああ、起きたのか」

　どうやら外を眺めていたらしい天沢が、こちらを見て心配そうに言う。

「気分は？　もし吐き気があるなら、トイレまで連れていくが」

「だ、大丈夫ですけど……」

　晴香の中で、どうしようもないほどのいたたまれなさが募る。

　緊張しているのを押し隠そうとする余り、ことさら明るく振る舞って酒を飲みすぎてしまった。結果、眠り込むほど泥酔するという醜態を見せたことになり、忸怩《じくじ》たる思いがこみ上げる。

（わたしの馬鹿。せっかく旅行に来たのにこんなことになって、きっと天沢さんも呆れてる……）

すっかり狼狽《ろうばい》している晴香を見てどう思ったのか、彼がふっと微笑む。そして腕を伸ばし、こちらの乱れた髪を撫《な》でて言った。

「今は大丈夫でも、このあと具合が悪くなるかもしれないから、もう寝たほうがいい。俺は最上階の天然温泉に行ってくるけど、君はのぼせるといけないし、部屋のシャワーにしたらどうだ」

「えっ、あの……はい」

「じゃあ、行ってくる」

＊　　＊　　＊

午後十時の廊下には人の姿がなく、静まり返っている。エレベーターホールに向かった天沢は、上昇のボタンを押して小さく息をついた。

（彼女を部屋に残してきたけど、大丈夫かな……。吐いたりしなきゃいいが）

ラグジュアリーホテルらしく、館内はゆったりと優雅な空気に満ちている。エレベーターで最上階まで上がって訪れた天然温泉の大浴場は、黒とグレーのシックな内装で、大きな窓から夜景が見えた。

数人の利用者がいる洗い場で髪と身体を洗ったあと、熱めの湯に浸かる。外の景色を眺めつつ、天沢はぼんやりと考えた。

（やっぱり、旅行に来たことを後悔してるのかな……。小野さんは）

――先ほどの彼女の顔を思い出すと、気持ちが沈む。

現地に着いて観光しているときの晴香は、とても楽しそうに見えた。何にでも興味を示し、美味しそうに食べ、キラキラした目や笑顔を見ているだけで天沢は幸せな気持ちになった。

しかしホテルにチェックインし、夕食を終えてバーに行った辺りから、彼女の様子がおかしくなった。どこか気もそぞろで落ち着かない顔をしているかと思いきや、急ピッチで酒を飲み出し、そのくせテンションだけは異様に高い。

天沢がやんわりと諫《いさ》めても、晴香は聞かなかった。結果、かなり酔っ払った彼女は、部屋に戻るなり倒れ込むように眠りに落ちてしまった。その寝顔を見つめながら、天沢は晴香の異変の原因に何となく想像がついていた。

おそらく彼女は、このあとのことを考えて腰が引けたに違いない。同じ部屋に戻るということは、すなわち前回できなかった性行為の続きをするのを意味する。天沢はそのつもりで来たし、晴香もまた同じ気持ちだったはずだ。

しかし未経験である彼女が土壇場になって怖くなってしまうのは、ありえない話ではない。

（仕方ない。……男と違って、受け入れるほうには負担もあるんだろうから）

正直に言えば、ほんの少し失望する気持ちがあるのは確かだ。

これまで晴香とは少しずつ関係を深め、互いに好意を抱いているのを実感していた。好きだからこそ触れたい欲求が募り、充分に時間をかけてきたつもりでいたが、彼女にはまだ踏み切れない部分があるのだろう。

そんな晴香を責める気は、毛頭ない。たとえ今回の旅行で行為ができなくても、二人で観光するだけで楽しかった。いずれ彼女がそうした気分になったとき、自然にできたらいいと天沢は思う。

（部屋に戻ったら、彼女は寝てるかな。もし起きてたら、眠くなるまでずっと話してるのもいいかもしれない）

晴香はまだ、ホテルの売りである窓からの夜景を見ていないに違いない。だったら二人でそれを眺めながら、軽く飲み直してもいい。

そう考えながら天沢は風呂から上がり、部屋に戻る。寝ているかもしれない彼女を起こさないよう、そっとドアを開けると、ホテルの浴衣を来た晴香が勢いよく飛び出してきた。

「天沢さん！　戻ってきてよかった。わたし……っ」

彼女はなぜか泣きそうな顔をしていて、天沢は面食らいながら問いかける。

「どうした？　何か困ったことでも――」

「あ、天沢さんが、もう戻ってこないかもしれないと思ってたんです。わたしのせいで嫌な思いをさせたから、それで……」

「嫌な思い？」

天沢は晴香を落ち着かせるため、その肩に触れる。

「落ち着いてくれ。君を部屋に置いたまま、いなくなるわけないだろう？　何でそんなふうに思うんだ」

彼女はぎゅっと顔を歪《ゆが》め、小さな声で言う。

「わたしが、みっともなく酔っ払って……天沢さんを放置して寝てしまったからです。せっかく旅行に来たのにそんな態度を取られたら、普通は嫌になると思います。本当にすみませんでした」

悄然《しょうぜん》とうつむく晴香を見下ろし、天沢は苦笑いする。そして努めて明るい口調で答えた。

「そんなに気にすることはない。今日は暑い中を歩き回って、疲れただろうしな。明日に備えて、もう寝たほうがいい」

天沢の言葉を聞いた彼女が、さっと青ざめる。そして縋《すが》るような目つきでこちらを見た。

「それって……やっぱり天沢さんは、わたしに呆《あき》れたってことですか？　だから話もしたくなくて、それで」

「どうしてそんな極論に走るんだ。あくまでも君の体調を気遣っているだけであって、まったく他意はないよ」

「じゃあ――してください」

「何を？」

「天沢さんと、したいんです。前回の続きを」

どこか悲壮な決意をにじませた晴香の顔を見下ろし、天沢は小さく息をつく。「一体どう言えば納得してくれるんだろう」と考えながら、慎重に口を開いた。

「俺としては、無理強いしたくない。これは想像だけど、君はプレッシャーを感じるあまり飲みすぎて、結果的にひどく酔っ払ってしまったんじゃないか？　それで罪悪感を抱いてる」

「それは……」

彼女が言いよどみ、視線を泳がせる。

その表情はこちらの言うことが事実だと如実に表していて、天沢は安心させるように微笑んで言った。

「小野さんがその気になれるまで、俺は待てる。別に今回することにこだわっていないから、心配しなくていい。今日はあちこち観光して楽しかったし、美味いものも食べられたし、それでいいんじゃないか？　要は俺は、まったく怒ってないってことだ」

晴香がぎゅっと顔を歪める。そんな彼女の頭をポンと叩《たた》き、天沢は冷蔵庫に向かいながら言った。

「俺は軽く飲んでから寝るが、君はどうする？　もし気分が悪くないなら、一緒に――」

ふいに背中にぶつかられ、天沢は驚きに息をのむ。

後ろから抱きついてきた晴香が、しがみつく腕に力を込めながら言った。

「ごめんなさい。天沢さんが言うように、わたし、少し腰が引けていた部分があったんです。『今夜するんだ』って思ったら……何ていうか、急に緊張しちゃって」

「………」

「結果的に飲みすぎてしまって、さっきベッドで目が覚めたときは『とんでもないことをした』って思いました。軽蔑されても仕方がないんだって考えたら……天沢さんがお風呂から帰ってこないことで、いろいろ嫌な想像をしたり」

「それは……」

「でも、『無理強いはしたくない』って言ってくれて、心がふっと楽になりました。天沢さんはすごく真面目にわたしに向き合ってくれて、大切にしてくれる。身体目当てじゃない、気持ちの結びつきを大事にしてくれてるんだって思ったら――尻込みしてる自分が、申し訳なくなって」

　天沢が振り向くと、彼女は切実な瞳でこちらを見上げて言った。

「わたし……天沢さんが好きです」

「………」

「最初は書道家として尊敬してましたけど、おつきあいを始めてからは、内面がどんどん好きになりました。真面目すぎるくらい真面目で、誠実で気遣いができるところや、物腰が落ち着いてて優しいところに、心惹《ひ》かれて……。たぶん天沢さんに憧れる女性はいっぱいいて、わたしは全然釣り合ってないんですけど、でも少しでも交際相手としてふさわしくなりたいっていう気持ちで努力するようになりました。今まで漫然と目標もなく生きてきたわたしを変えてくれたのは、天沢さんなんです」

晴香は「だから」と言い、言葉を続けた。

「わたし、天沢さんと本当の恋人になりたいです。一緒に旅行に来た義務とか、他の人も当たり前にしてるからっていう考えじゃなくて、天沢さんが好きだから……もっと親密になりたいって思ってます」

スラスラとよどみなく話したわけではなかったが、その眼差しと表情から、彼女の気持ちが痛いほど伝わってきた。天沢は晴香を見下ろして問いかける。

「いいのか？　別に今日しなくても、俺は君を嫌いになったりはしないが」

「今がいいんです。もしかして天沢さんは、そんな気になれないですか？　わたし、だいぶお酒は抜けましたし、もうそれほど酔っ払ったりは……」

慌てる様子が可愛くて、天沢は思わず噴き出す。そして目の前の彼女の腰を抱き寄せて答えた。

「――じゃあ、前回の続きをしようか」

「……っ、んっ」

上から覆い被さるように唇を塞ぐと、晴香が喉奥からくぐもった声を漏らす。

口腔《こうこう》に舌を差し入れた途端、柔らかくぬめる彼女の舌がビクッと震えた。表面を擦り合わせ、軽く吸い上げる動きに、二の腕をつかむ彼女の手に力が入る。

「……は……っ」

より深く口づけ、奥まで舌をねじ込む。薄く目を開けた途端、間近で晴香の潤んだ眼差しに合い、欲情がじわりとこみ上げた。

「あ……っ」

キスを解いた天沢は、お姫さま抱っこの形で彼女の身体を抱え上げ、ベッドまで運ぶ。慎重に下ろして上に覆い被さると、腕を伸ばした晴香が首を引き寄せてきて、自然とまた唇が重なった。

「うっ……ん、は……っ」

ぬめる粘膜を擦り合わせ、蒸れた吐息を交ぜ合う行為は心地よく、何度もキスを繰り返す。そうしながらも、天沢はじわじわとこみ上げる緊張を感じていた。

(……上手くできるかな。イメージだけは、漠然とあるが)

このあいだ途中までしたとはいえ、最後までの経験はない。

極力晴香を傷つけず、丁寧に触れることを肝に命じながら、天沢は彼女の胸のふくらみに浴衣越しに触れた。弾力のある感触は手のひらにちょうど収まる大きさで、揉《も》みしだくうちに晴香が息を乱す。浴衣の帯を解き、袷《あわせ》を広げた瞬間、きれいな胸の谷間と繊細なレースでできたブラが目に飛び込んできた。

天沢は身を屈め、彼女の首筋に唇を這《は》わせる。そうしながらブラのカップをわずかにずらし、こぼれ出た先端に指先で触れた。

「あっ！　……っ、ん……っ」

軽く撫でただけで、そこはすぐに芯を持って硬くなる。

敏感なその反応に煽《あお》られながら、天沢は晴香の胸の尖りを指先で弄んだ。そして唇を首筋から細い肩、鎖骨へと這わせ、胸のふくらみに口づけたあと、先端を口に含む。

「……っ」

舌先で乳暈《にゅううん》をなぞって軽く吸い上げると、彼女が息を詰める。張り詰めた感触が舌に愉しく、天沢はしばし胸を嬲《なぶ》る行為に没頭した。やがてブラの存在が邪魔になり、晴香の背中に腕を回してホックを外す。

「ぁ……」

緩んだカップを押し上げて現れたのは、きれいなふくらみだった。

薄暗い中でも肌の白さが際立ち、愛撫《あいぶ》に反応して尖った頂が淫靡《いんび》だ。直接触れて揉んだ途端、張りのある丸みが手のひらを押し返してくる。

（……柔らかいな）

男にはない感触がとても新鮮で、ついいつまでも揉んでしまう。すると彼女がこちらを見つめ、問いかけてきた。

「……っ……何でそこばっかり、揉むんですか……？」

「ああ、ごめん。触り心地が良くて、つい」

天沢の言葉を聞いた晴香がじわりと頬を染め、小さく言う。

「わたし、あんまり胸が大きくなくて……すみません」

「充分じゃないか？　別に小さいとは思わないし、感じやすくて、すごく可愛い」

彼女が何ともいえない表情を浮かべ、それを見た天沢はふと微笑んだ。

（……可愛いな）

胸の大きさを気にするのは、女性なら普通なのだろうか。

そう考えながら晴香の唇に軽く口づけると、彼女がぎゅっと首に抱きついてくる。甘い匂いのする髪に鼻先を埋めつつ、天沢は晴香の太ももを撫で上げて脚の間に触れた。

「ぁ……」

そこは既に湿り気を帯びて熱くなっている。

布越しに割れ目をなぞる動きに呼応し、彼女が首にしがみつく腕に力を込めてきた。それに少々苦しさをおぼえつつ、天沢は下着の中に手を入れる。

花弁に触れた途端、指先がぬるりと滑った。晴香が感じているらしいことに安堵《あんど》しながら、じわじわと興奮をおぼえた天沢は、蜜口からにじみ出た愛液を塗り広げるように指を動かす。

「あっ……はぁっ、あ……っ」

動かすたびにかすかな水音が立ち、彼女が切れ切れに声を上げた。甘ったるいその嬌声《きょうせい》に理性が焼き切れそうになるものの、天沢はぐっと自制し、蜜を纏《まと》った指で快楽の芽を撫でる。

晴香がビクッと腰を揺らし、ひときわ高い声を上げた。形をなぞり、ときおり押し潰す動きに、彼女はいちいち敏感な反応を示す。

気づけば下着の中がじっとりと濡《ぬ》れていて、晴香が居心地悪そうに足先を動かしていた。天沢は身体を起こし、彼女の下着を脱がせた。

「……っ」

暗がりの中でも白い肌とすんなりと細い太もも、脚の間の淡い陰りが見えて、天沢の心臓がドキリと跳ねる。晴香が上気した顔で言った。

「あ、天沢さんは、脱がないんですか……？」

「……俺はまだ、いいかな」

今脱いでしまうと、興奮しきっているのが丸わかりだ。この期に及んで取り繕うのもどうかと思うが、天沢には開き直れるほどの経験値がない。

彼女の身体は細く、柔らかな丸みを持った胸や、くびれたウエストから腰にかけてのラインがきれいだった。ドクドクと鼓動が速くなるのを感じながら、天沢は屈み込んで再度晴香の身体に唇を這わせる。そして性急にならないよう気をつけながら、蜜口から指を挿れた。

「あ……っ！」

（……っ、すごい、狭いな……）

温かくぬめる隘路《あいろ》が指をきつく締めつけ、蠕動《ぜんどう》する襞《ひだ》が絡みついてくる。

中はひどく狭く、指以上に太さのあるものを挿れるのは難しく思えた。しかし痛みを与えたくはなく、できるかぎり慣らさなくてはならない。

一度指を根元まで挿入し、最奥の位置を確かめてから、天沢は指を行き来し始めた。

「……っ、ん……っ」

彼女が身体をこわばらせるのがわかり、天沢は動きを慎重にする。

動かすにつれて中の潤みが増して、粘度のある水音が立った。切れ切れに声を上げる晴香が、潤んだ瞳でこちらを見る。天沢は中を穿《うが》つ指を止めず、彼女に問いかけた。

「……痛いか？」

「い、痛く、ないです……」

「じゃあ、指を増やしていいか」

一旦指を入り口まで戻し、本数を増やして再度埋めていくと、晴香が顔を歪めてかすかに呻《うめ》く。内部がより狭くなって動かせる範囲が限られたものの、飽かずに慣らし続けるうち、次第に指の太さに順応していった。

やがて天沢は頃合いを見て、指を引き抜く。そして彼女の目元に軽くキスしてささやいた。

「――悪いが、ちょっと待っててくれるか」

「えっ……？」

ベッドを降りて向かったのは、旅行バッグのところだ。風呂に入って浴衣に着替えたため、避妊具は手元にない。

　ベッドに戻ると、所在なげにしていた晴香が小さく言った。

「き、今日は、持ってきてるんですね……？」

「そりゃあな。男として、無責任なことはできないだろう」

　天沢は浴衣の帯を解き、自身の下着を引き下ろす。避妊具を装着して視線を上げた途端、どこか気まずそうに目をそらしている彼女の顔が目に飛び込んできた。

　天沢は腕を伸ばし、晴香の頬を撫でる。そして最終確認のつもりで彼女に問いかけた。

「……どうする、やめるか？」

「えっ？」

「君が怖いなら、最後までしなくてもいい」

　途端に晴香が虚を衝かれた様子でこちらを見つめ、すぐに頑なな表情で唇を引き結ぶ。

　彼女は断固とした口調で答えた。

「怖くないです。だから、最後までしてください」

「……そうか」

　天沢は、晴香の脚を押し広げる。いよいよ挿入するのだと思うと、心拍数が増すのを感じた。

（落ち着け。焦ったら、彼女を傷つけてしまう）

　とにかく自分の欲求より、晴香に苦痛を与えないことを優先しなければならない。そう考えながら、天沢は蜜口に自身の先端をあてがい、ゆっくりと腰を進めた。

「ん……っ」

彼女がビクッと身体をこわばらせる。

先端を蜜口に埋めた瞬間、想像よりもはるかに強い力で締めつけられて、天沢は眉を寄せた。先ほどさんざん慣らしたはずだったが、晴香の中はひどく狭い。まだ先のほうしか挿れていないのに、きつい締めつけに一気に射精感がこみ上げる。

（やばい……っ）

急いで引き抜こうとした瞬間、ビクッと身体が跳ねた。気づけば天沢は、避妊具の中で射精してしまった自身を呆然と見つめていた。

「……あ、天沢、さん……？」

顔をこわばらせて視線を落としたままの天沢に、彼女が不安そうに声をかけてくる。天沢はボソリと告げた。

「……すまない。全部挿れる前に、達ってしまった」

「えっ？」

情けなさといたたまれなさが心に渦巻き、天沢はそれきり言葉を発せなくなる。

そろそろと腰を引いたところで晴香が起き上がり、寝具を引き寄せて身体を隠しながらこちらの股間を注視した。

「……あ、で、出ちゃったんですか……？」

「…………」

初めての行為で、いよいよこれからというときに、最悪の展開だ。

天沢は無言でベッドサイドのティッシュを取り、避妊具を外す。それをゴミ箱に捨てたところで、突然晴香が腕をつかみ、強い口調で言った。

「あのっ、もう一回しませんか？」

「……えっ？」

「だって時間は充分にありますし。わたし、全然気にしてません。お互いに初めてなんですから、こういう失敗ってよくあることだと思うんです。わたしたちは……十代でそういう経験をしてこなかっただけで」

「…………」

固い表情の天沢に対し、彼女が一生懸命に言葉を続ける。

「触っているうちに、その気になったりはしませんか？　少しリラックスしましょう。あんまり気負わずに」

こちらを見つめる瞳には真剣な色がにじんでいて、天沢はそれを見つめ返した。そして苦い思いで問いかける。

「君は……俺に対して、何とも思わないのか？　経験がある男なら、きっとこんな情けない事態にはならないはずなのに」

「大丈夫です。こんなことくらいで、気持ちが変わったりしません。今でも大好きですし、もっと天沢さんにくっつきたいって思ってます」

強い意思を感じさせる言葉に、天沢の肩からふっと力が抜ける。

腕を引かれ、申し訳なさといとおしさがない交ぜになった気持ちで晴香の上に覆い被さると、彼女が首を引き寄せてきて唇が重なった。

「……ん、っ……」

ぬめる柔らかな舌を絡ませ、吐息を混ぜ合う。

そうするうちに晴香の手が天沢のものに触れ、やんわりと握り込んできた。ダイレクトな刺激に性器がピクリと反応し、わずかに芯を持つ。ゆっくりしごく動きに快感をおぼえ、幹が少しずつ硬度を増した。

天沢は片方の手で彼女の胸のふくらみを揉みながら、耳朶《じだ》に唇を這わせる。

「……っ、ぁ……っ」

耳の周辺はくすぐったいのか、晴香が首をすくめる。

甘い吐息に煽られ、胸の柔らかさを手のひらに感じるうち、じわじわと性感が高まってきた。胸から手を離した天沢は、彼女の脚の間に触れる。そこはまだ充分潤んでいて、指を埋めるときゅうっと締めつけてきた。

「あっ……天沢、さん……っ……」

指を動かすたびに粘度のある水音が聞こえ、愛液でぬるつく襞が絡みついてくる。

見つめ合いながら互いの秘所を触るのは、ひどく興奮した。気づけば屹立《きつりつ》が痛いほどに張り詰めていて、身体を起こした天沢は再び避妊具を装着する。

そして蜜口から、ゆっくりと自身を挿入した。

「んん……っ」

晴香が顔を歪め、小さく呻く。

隘路にじりじりと幹を埋めていくにつれ、うねるような内襞の動きに強烈な快感がこみ上げた。天沢はぐっと奥歯を嚙み、強く己を律する。

(くそっ、またすぐ達かないように、我慢しないと……)

何度か抜き差しを繰り返し、どうにか屹立を根元まで埋める。

熱い息を吐きながら彼女を見下ろすと、涙でいっぱいの瞳で見つめ返された。やはり痛みを与えてしまったことに罪悪感を抱きながら、天沢は晴香に提案する。

「すまない。全部挿入ったが、痛いなら一旦抜こうか」

彼女は首を横に振り、息を乱しながら答えた。

「ぬ、抜かないでください……」

「でも」

「確かに痛みはありますけど──わたし、うれしいです。天沢さんとちゃんとできて」

それは自分も同じだ。

気を引き締めていないとすぐにでも暴発してしまいそうだが、受け入れてくれた晴香へのいとおしさで、胸がいっぱいになっている。

身を屈めて覆い被さった途端、挿入する角度が変わったせいか、彼女が小さく呻いた。それを詫《わ》びる意味で髪に口づけ、天沢は晴香にささやく。

「俺もうれしい。君を初めて抱く男が、自分で」

腕に囲い込むように抱きしめ、彼女の唇に触れるだけのキスをする。

晴香の腕が背中に回って、強くしがみついてきた。触れ合う素肌の感触と体温が安心感をもたらす。

気づけばどちらからともなく唇を開き、緩やかに舌を舐《な》め合っていた。何度目かのキスのとき、昂ぶりを受け入れた隘路がゾロリと蠢くのを感じて、天沢は熱い息を吐く。するとそれを見た彼女が、吐息交じりの声で言った。

「……っ、動いて、ください……」

その一言で理性を灼《や》かれた天沢は、晴香の身体に密着したまま腰を突き上げる。

始めは緩やかに、徐々に動きを速めていくと、彼女が高い声を上げた。ビクビクと震える柔襞が剛直を断続的に締めつけ、天沢は眩暈《めまい》がするほどの愉悦を味わう。

「……っ……は……っ」

「あ……っ、天沢、さん……っ……」

愛液で潤んだ隘路はひどく熱く、そこに自身をねじ込むのはこれまで感じたことのない悦楽を天沢にもたらした。身体がじんわりと汗ばみ、心拍数が上がる。気持ちよくて腰が止まらない状態だったが、力任せに突き上げるのだけはかろうじてこらえた。

「ぁ……っ」

晴香の乳房をつかみ、先端に舌を這わせる。内襞が反応して締めつけがきつくなり、一気にこみ上げた射精感に天沢は顔を歪めた。

(俺はものすごくいいが……彼女はつらいんだろうな)

初めてで快感を得るのは、きっと難しいに違いない。ならば早く終わらせるべきだと考え、天沢は彼女に問いかける。

「……そろそろ達っていいか?」

晴香が言葉にならない様子で頷《うなず》き、天沢は一気に動きを速める。

「あっ! は……っ……ぁっ……あ……っ」

「……っ」

根元まで深く自身を埋め、最奥で熱を放つ。

薄い膜越しとはいえ、頭が真っ白になるほどの快感だった。二度、三度と欲情を吐き出した天沢は、充足の息をつく。気だるさが全身を満たすのを感じながら、目の前の彼女を見下ろした。

「……平気か?」

「…………」

頬が紅潮し、すっかり髪も乱れて息も絶え絶えな様子の晴香が、小さく頷く。

天沢は彼女の中から慎重に屹立を引き抜き、後始末をした。そして纏わりつくような疲労を感じつつ、晴香を抱き込んでベッドに身を横たえる。

汗ばんだ華奢《きゃしゃ》な身体を抱きしめると、「無事にやり遂げたのだ」という充実感が胸を満たした。だが力が強すぎたのか、彼女が苦しそうに身じろぎするのがわかって、天沢は腕の力を緩める。晴香が顔を上げてこちらを見た。

「天沢さん、あの……」

「ん？」

「天沢さんは、その、よかったですか……？　わたしとして」

おずおずとしたその問いかけに、天沢は眦《まなじり》を緩める。そして彼女の乱れた髪を撫でてやりながら、穏やかに答えた。

「俺はすごくよかったけど、君はつらかっただろう。ごめん」

「そ、そんなことないです。わたしは天沢さんとできて、うれしかったので」

欲望に任せて乱暴にならないよう、精一杯自制したが、それでも痛みを与えてしまった事実に申し訳なさが募る。

だが身体を繋げたことで、より晴香が大切になった。一度失敗したのを許容してくれたから、余計にだ。こんなにも満たされて幸福な気持ちを、彼女も味わっているだろうか――そんなふうに考えていると、晴香がつぶやく。

「わたし……天沢さんにお願いがあって」

「ん？」

「わたしのこと、〝小野さん〟じゃなくて、下の名前で呼んでほしいと思うんですけど」

天沢は照れ臭さをおぼえながら、彼女に向かって提案する。

「じゃあ君も、俺のことを名前で呼んでくれないか」

「えっと、瑛雪さんですか？」

「それは雅号だ」

「い、伊織さん……？」

「ああ」

じんわりと頬を染めた晴香が、確かめるように「……伊織さん」とつぶやくのを見た天沢の中に、いとおしさが募る。

抱き寄せる腕の力を強くし、柔らかな感触の髪に顔を埋めた。そして思いを込めてささやく。

「……好きだ」

彼女はこちらの背中を抱き返し、面映ゆそうな表情を浮かべつつも、どこか不満をにじませて言った。

「わたしも伊織さんが大好きですけど……名前で呼んでくれないんですか？」

拗《す》ねたその言い方が可愛くて、天沢は微笑む。わざと焦らしてやりたい気持ちになり、笑って答えた。

「まあ、それは追々な」

「えっ、そんなのずるいですよ。わたしのほうが先にお願いしたのに」

「別に呼ばないって言ってるわけじゃないんだから、そんなに拗ねないでくれ。それよりシャワーを浴びるか？　だいぶ汗をかいたし」

一緒に入ると思ったのか、晴香がパッと顔を赤らめる。彼女はわずかに逡巡《しゅんじゅん》し、モソモソと答えた。

「あの……もう少しこのまま、くっついていたいです」

――六つ年下の恋人は、素直で甘えたがりで、とても可愛い。

天沢は晴香の後頭部を引き寄せ、その唇に口づける。触れるだけだったキスが、熱を帯びるのはすぐだった。再びベッドに彼女を押し倒し、まだ汗の引かない肌に顔を埋めながら、天沢は幸せな思いで目を閉じた。

第7章

ここ最近の天気は連日三十度超えで、北国らしからぬ暑い日が続いている。

仕事をしているときは空調の行き届いた店内にいられるが、自宅にはエアコンがないため、熱帯夜は正直つらい。

(扇風機を点けたまんまで寝ると身体が変なふうに冷えて、脚が浮腫む気がするんだよね……。点けなきゃ室温が三十度だから、暑くて死んじゃうんだけど)

そんなことを考えながら晴香が事務所で今日の段取りを確認していると、ふいに後ろから声をかけられる。

「おはようございまーす。何だかお疲れだね?」

「あ、おはよう」

出勤してきたのは、奈美だ。彼女はシャツの胸元をバタバタ仰ぎながら言った。

「あーもう、暑い！　まだ朝の九時前だっていうのに、外の気温は三十度近いんだよ。何なんだろうね、最近の異常な暑さ」

「でも、木村さんのおうちはエアコンがあるんだよね？」

「うん、普段はできるかぎり扇風機を使ってるんだけどね。さすがに昨夜は点けて寝たわ」

奈美は「それより」と言ってニヤリとした。

「小野さんがお疲れなのって、暑さのせいだけじゃないよねー？　ラブラブなんでしょ、先生と」

「ちょっ、木村さん……！」

慌てて周囲を見回したものの、他のスタッフはバックヤードで仕事の話をしていて、こちらの会話は聞こえていない。

晴香はホッと胸を撫《な》で下ろしながら、声を抑えて答えた。

「うん。天沢さんとは……上手くやってるよ」

「よかったねー、旅行に行って。事に及ぶ前に泥酔したって聞いたときは、びっくりしたけど」

「そ、それは……反省してるってば」

——約十日前、晴香は恋人である天沢と一緒に、隣のO市に一泊旅行に出掛けた。

初体験がかかった旅行ということもあり、急に怖気づいた晴香は飲みすぎて泥酔するという失態を犯し、さらには天沢が序盤で達ってしまったりというトラブルはあったが、何とか無事に事を終えることができた。

（楽しかったな、旅行。二日目は水族館に行ったあと、お祭りも観に行けたし）

初めて抱き合ったときはさすがに快感を得るのは難しかったが、とても幸せな気持ちになれた。

あれから十日ほどが経つが、天沢との距離はぐんと近づいている。こちらを見る彼の眼差し、そして触れるしぐさには確かに愛情が透けて見え、晴香は会うたびに天沢への恋心が強くなっていくのを感じていた。

そんな晴香を見た奈美が、「おーい」と呼びかけてくる。

「何でほんのり頬染めちゃってるの。まさかこれから仕事なのに、彼氏との甘い時間を思い出したりしてるわけ？」

「えっ？　あっ、別に」

「なーんてね。私から話を振ったんだから、そりゃあ思い出しちゃうよねえ。仲が良くてよかった。最初は『幼馴染《おさななじみ》を見返すために婚活したい』って悲壮な顔で言ってたのにさ、婚活イベントに参加してる人以上のハイスペックイケメンをまんまと射止めちゃうんだもん、小野さんって絶対何か持ってるよね」

「そ、そんなことないよ……」

間もなく始業の時間になり、前日の夜に届いた雑誌や書籍を検品する。その後は今日発売の新刊を売り場に陳列したり、それぞれ担当する棚の商品の補充をしたりと大忙しだ。

開店後は接客業務の他、スタッフは代わる代わるバックヤードに入り、付録の挟み込みを行ったり、新刊以外に毎日届く本をジャンル別に荷分けしたり、発注の電話をかけたりする。

晴香は朝からカウンター業務をこなし、パック機で書籍のシュリンク掛けをして、ときおり売り場に出ては店頭にある在庫が減ったものを補充しつつ、合間にせっせと自分が担当する文庫コーナーのＰＯＰ書きをした。そして午後五時半、退勤する。

「お先に失礼します」

「お疲れさまでーす」

明日の新刊準備に追われるスタッフを横目に、関係者用出入り口に向かう晴香の足取りは軽い。

しかし外に出た途端、夕方とは思えないムッとした熱気が全身を包んで、一気に汗がにじみ出てきた。

（うわあ、暑い……。今夜も寝苦しいのかな……）

足早に向かうのは、徒歩五分のところにあるカフェだ。

店に入る前に、晴香は額の汗を手の甲で拭う。そしてメイク崩れを気にしつつ涼しい店内に足を踏み入れ、ドリンクをオーダーして席に向かった。

「すみません、お待たせして」

「いや」

窓際の席に座っていたのは、天沢だ。今日の彼は仕事の打ち合わせが午後五時に終わり、それから約四十分、ここで時間を潰していたらしい。

一日を通してかなり暑かったはずだが、白のインナーの上にグレーの半袖シャツを羽織り、ロールアップした黒のパンツというスタイルの天沢は、至って涼やかだ。

こちらを見た彼が、微笑んで言った。

「顔が赤い。外はまだかなり暑かったか？」

「は、はい。急いで来たので、汗かいちゃって」

天沢が腕を伸ばし、汗ばんだ額に貼りついた髪を払ってきて、晴香はドキリとする。

向けられた眼差しがひどく甘く、暑さのせいだけではなく顔がじんわりと赤らんでいくのがわかった。

（……伊織さん、前はこんなことしなかったのに）

身体を重ねて以降、天沢の態度は目に見えて甘くなった。スキンシップが増え、こうして何気ない瞬間に晴香に触れたり、一緒に歩くときに自然と手を繋《つな》いでくる。

彼から自発的にそうされるのは、当初のイメージからだいぶかけ離れているものの、決して嫌ではなかった。しかし天沢からの愛情表現にまだ慣れていない晴香は、そのいちいちにドキドキしてしまう。

自分の中の動揺を押し隠すようにグレープフルーツジュースを飲んだ晴香は、顔を上げて彼を見た。

「ところで伊織さん、本当にうちに来るんですか？　今日はすごく暑いですけど、うちはエアコンがないので、きっとかなりの蒸し風呂状態です。熱中症になっちゃうかも」

普段天沢と会うときは大抵どこかで食事をしていたが、先日ふとしたときに料理の話になり、「今度、晴香の自宅で二人で料理をしてのんびり過ごそう」ということになった。

その約束の日が今日だったが、普段空調の効いたところで生活している彼には、こちらの自宅の暑さはひどく酷だろう。それを聞いた天沢が、考え込む顔をして言った。

「そうか。確かに暑すぎると、くつろぐどころじゃなくなるよな」

「す、すみません。家に来てほしくないわけじゃないんですけど」

何しろ扇風機が一台しかなく、そんな中で料理をすれば、なおさら暑くなってしまう。夜もおそらく気温が下がらないため、相当寝苦しいに違いない。

するとと天沢が、ふと思いついた顔でこちらを見た。

「――じゃあ、うちに来るか？」

「えっ？」

「実はうちの母親が、今日から二泊三日の台湾旅行でいないんだ。だから気兼ねなく泊まってくれていい」

思いがけない提案に、晴香は慌てて言った。

「で、でも、翠心先生がいらっしゃるんじゃ……」

「いや。彼女は家庭があるから、書道教室が終わったらすぐ帰るんだ。小さい娘がいるしな」

仕事の最中は、彼女の夫の両親が娘の面倒を見ているらしい。晴香は躊躇《ためら》いながらつぶやいた。

「でも、いいんでしょうか……。外出時に知らない人間に出入りされるのって、お母さまは嫌がりませんか？」

「大丈夫だ。俺が責任を取るから、気にしなくていい」

今日は車で来ているという天沢は、「着替えを取りに、一旦家に帰るか？」と提案してくれ、晴香は頷《うなず》く。

自宅に向かう車の中、ワクワク感と遠慮が入り混じった複雑な気持ちになった。

（本当にいいのかな、おうちにお邪魔して。……しかも泊まるなんて）

天沢の家は書道教室と同じ建物だが、受講者が勝手にプライベートエリアに入り込むのを防ぐため、渡り廊下からのドアは常に施錠されているという。

あの立派な日本家屋の母屋に入るのだと思うと、にわかに緊張をおぼえた。離れでもあんなにすごいのに、母屋は一体どんな内装なのだろう。

そんなことを考えているうちに、彼の車が自宅アパートに到着した。

「着替えを取ってくるので、伊織さんは車の中で待っててください」

「ああ」

案の定、家の中はサウナ状態で、晴香は汗をかきながら着替えやメイク道具を用意する。

再び天沢の車に戻り、シートベルトを締めつつ問いかけた。

「伊織さん、もしお料理するなら、何か食材を買っていったほうがいいんじゃないですか？」

「うちの冷蔵庫にはかなり食材があったはずだから、あるもので作ったほうが無駄がなくていいかもしれない。でも、酒は買っていこうか」

酒屋とＤＶＤショップに寄ったあと、車は見慣れた天沢の自宅に乗り入れる。

助手席から降りた晴香は、寄せ棟造りに瓦屋根という伝統的な和風邸宅を見上げた。玄関を解錠した彼が、格子の引き戸をカラカラと開けながら言う。

「どうぞ」

「お邪魔、します……」

踏み入れた邸内は、息をのむほどの〝和〟の空間だった。

玄関の三和土は広く、正面にある地窓から、玉砂利が敷き詰められた中庭と和風の植栽が垣間見える。天井や床にはナラの無垢板（むくいた）が使用され、珪藻土（けいそうど）の壁に映えて明るく清潔感があった。梁《はり》や柱は丁寧に造られたことがわかる端正さで、廊下の壁面は一面が大容量の収納となっているらしい。

天沢の先導で奥に進むと、リビングに出た。

「わ、広いですね……！」

二十畳を超える広さのリビングは中庭に面していて、離れのちょうど対角線上にあった。

中庭の樹々が離れからの視線を上手く遮っていて、緑が目に優しい。部屋の真ん中にはモダンなデザインの長テーブルが置かれ、テレビ台は和の雰囲気を壊さないタモ材で造られている。

伝統的な数寄屋造りを踏襲しつつ、どこか現代的なセンスも取り入れた邸内は豪邸というにふさわしく、晴香は感嘆のため息を漏らした。

「離れもそうですけど、母屋は本当にすごいお屋敷ですね……」

「台所はこっちだが、先に俺の部屋を見るか？」

「見たいです！」

天沢の部屋は、二階の南側にあった。

中は板間で、十六畳ほどの広さがある。彼の仕事部屋も兼ねているらしく、硯《すずり》や筆、下敷きが置かれた大きめの作業机や、書き上げた作品が吊《つ》るされたピンチがあり、仄《ほの》かに墨の香りが漂っていた。部屋の奥側がプライベートなエリアになっており、三人掛けのソファや壁掛けのテレビ、セミダブルサイズのベッドとたくさんの専門書が並ぶ本棚が見える。

晴香はあちこちに無造作に置かれた筆文字の作品に、思わず見入った。

「すごい。たくさん書いてるのって、全部お仕事のものですか？」

「ああ。詳細は言えないが、これは商品ロゴの習作で、こっちはグループ展用に書いてるものだ」

グループ展は十二月に二日間の日程で予定しており、天沢は作品展示の他、揮毫《きごう》パフォーマンスもやるらしい。晴香は目を輝かせて言った。

「揮毫パフォーマンスって、床に置かれた大きな紙に筆で字を書くものですよね？　書道教室のホームページで見ました」

「ああ」

ホームページにはかつて天沢が行った揮毫パフォーマンスの様子が動画と写真で掲載されていたが、墨が飛び散るのを物ともせずにダイナミックに書く様子は、圧巻の一言だった。

口を使って着物の袖をたすき掛けするしぐさも武士のようで恰好良く、もう何度見たか知れない。晴香がそう言うと、彼は若干照れた顔になって答えた。

「俺を含めて、若手書道家五人でやる企画なんだ。君も都合が合えば、来てくれるとうれしい」

「絶対行きます！」

その後は階下に下り、二人で台所で料理をする。

冷蔵庫の中には豊富な食材が入っており、天沢は今回のように母親が不在の際は自炊をしているらしい。「それぞれ好きなように料理しよう」と提案され、晴香は豚バラ大根とゆで卵入りポテトサラダを、天沢はアサリとえのきのバター酒蒸しと帆立のカルパッチョ、夏野菜のラタトゥイユを作り、リビングのテーブルで乾杯した。

白ワインを一口飲んだ晴香は、テーブルを眺めてつぶやく。

「何だかわたしの料理、所帯じみてててすみません」

「何で謝るんだ？　どっちも美味いのに」

「だって伊織さんの料理、すっごくおしゃれですもん。手際も良かったし」

確かに彼は「大学時代、独り暮らしをしていた」とは言っていたが、こんなに料理が上手いのは反則だ。すると天沢が、笑って答えた。

「君が作るものは、いかにも家庭料理って感じがしてホッとする。外で食事するのもいいけど、こんなふうに二人で作るとのんびりできていいな」

「そう、ですか？」

「ああ」

空調の効いた広いリビングで、あれこれと話しながら酒を酌み交わすのは楽しかった。

一緒に後片づけをしたあと、晴香は入浴を勧められてありがたく風呂を借りる。浴室は床面に御影石、天井には腐食に強く木の香りが漂うヒバ材が使用されていて、クールでモダンな印象だった。

（ほんとに立派なお屋敷だなあ……。外はかなりの暑さのはずなのに、エアコンで涼しいから、まるで別世界）

本来は晴香の家に天沢が泊まる予定だったが、気づけばすっかり逆になってしまった。

だが二人で料理をするのは楽しく、彼の作るものは見た目も味も抜群で、「資産家の家に生まれたのだから、家事をまったくしたことがない男性なのだろう」と勝手に想像していた晴香にとって、新鮮な驚きだった。

しかもこのあとは、明日の朝までずっと一緒にいられる。それはとてもワクワクすることで、晴香の気持ちを明るくした。

（でも……）

――本当はひとつ、心に引っかかっている事案がある。だが天沢に心配をかけるのが嫌で、晴香はなかなか口に出せずにいた。

（せっかく伊織さんと一緒にいるのに、暗い話題で水を差したくない。……だからもう少し、様子を見よう）

湯船のお湯を手のひらでバシャッと顔に掛けた晴香は、脱衣所で身体を拭き、パイル地の半袖と短パンという部屋着に着替える。そして濡《ぬ》れ髪を無造作にまとめ、リビングに戻った。

「お風呂、ありがとうございました」

「ああ」

こちらを見た天沢がふと目を丸くして、晴香は不思議に思う。「どうかしました？」と問いかけると、彼はじんわりと頬を染め、「……いや」と答えた。

「君の部屋着姿が……可愛いと思っただけだ」

「えっ」

天沢につられて、晴香の顔もじわじわと熱くなる。

彼はときおりこんなふうにストレートな褒め言葉をぶつけてくるため、どんな顔をしていいかわからない。天沢が小さく咳払《せきばら》いして横を向き、言った。

「このあとは俺の部屋でDVDを見よう。先に風呂に入ってくるから、二階に行って待ってくれるか？　部屋の中のものは、何でも好きに触って構わない」

「わかりました」

彼が浴室に行ってしまい、晴香は言われたとおり二階の天沢の私室に向かう。

改めて部屋のあちこちにある彼の習作を眺めると、感嘆のため息が漏れた。天沢の文字は端正でありながら力強さもあり、凛《りん》とした気品に満ちている。

揮毫パフォーマンスで書く文字はまた雰囲気が違うが、これまで何度も動画で見たものを実際に目にできるのだと想像すると、ワクワクした。

作品から顔を上げた晴香は、部屋の奥の書架に歩み寄る。仕事が書店員であるため、天沢がどんな本を読むのかが気になっていた。見ると棚には書道に関する専門書を始め、かなり古い中国の書跡本や美術全集などがズラリと並んでいる。

（わ、見事に書道に関する本ばっかり。伊織さんらしいな……）

晴香は一冊の分厚い書籍を抜き出し、ページをめくってみる。

一体どういう内容のものなのか考えながら眺めていると、部屋のドアが開いて濡れ髪の天沢が入ってきた。

「何を見てるんだ？」

「あ、勝手にすみません。タイトルは読めなかったんですけど、どういうものなのかなって、ちょっと気になって」

慌てて書架に返そうとするこちらの手元を覗《のぞ》き込み、彼は言う。

「〝五體字類《ごたいじるい》〟だな」

「ごたいじるい、って読むんですか？」

「ああ。漢字について調べるときに漢字字典を使うように、書道においては字形や種類について調べるための書体字典がある。これはその中のひとつで、大正五年に初版が刊行されたものだ」

天沢いわく、〝五體字類〟は日本最初の書体字典だという。

字体について調べるのはもちろん、ハガキの宛名や熨斗《のし》に筆で文字を書く際に、字の崩し方や書き方の参考に使えるらしい。晴香は感心して言った。

「そっか、そういう使い方をするんですね。かなり使い込んでますけど、古書なんですか？」

「いや。新品で買ったが、中学生くらいからずっと使ってるから、もうボロボロなんだ。そろそろＤＶＤを見るか」

天沢は階下から缶ビールと酎ハイを持ってきていて、二人でソファに並んで座る。

借りてきたＤＶＤは、ハリウッドのアクションものだった。評判はかなりよく、映画館で観られなかったと晴香が話したところ、彼は「じゃあ、これにしよう」と言って借りてくれたものだ。

確かに内容は面白く、映像も凝っている。だがテレビの画面を見つめる晴香は、そわそわと落ち着かない気持ちになっていた。

（……伊織さん、寝るときはこんな恰好《かっこう》なんだ）

いつもきっちりとした印象の天沢だが、風呂上がりの今は黒いTシャツにグレーのスウェットというラフな恰好で、濡れ髪も相まってどこか色っぽく見える。

せっかく借りてきたDVDに集中しなければと思うのに、晴香は普段と違う彼の様子が気になって仕方がなかった。我慢できずにチラリと隣を窺《うかが》うと、ちょうどこちらを見ていた天沢と目が合い、心臓が跳ねる。

彼もまた視線がかち合ったことに居心地の悪さを感じたようで、気まずさのにじんだ顔でボソリとつぶやいた。

「――駄目だ。どうも集中できないな」

「えっ」

「君が俺の部屋にいると思うと、落ち着かない。そんな可愛い恰好をしてるし」

半袖と短パンという部屋着は、確かに普段と比べると露出が格段に高く、天沢の目には煽情《せんじょう》的に映っていたらしい。

にわかに恥ずかしさをおぼえる一方、自分を意識している彼がひどく可愛く思える。晴香の中で、天沢に触れたい気持ちが急激にこみ上げてうずうずした。

（どうしよう……触りたい）

三人掛けのソファは、真ん中が微妙に空いている。晴香は腕を伸ばし、天沢の手にそっと触れて言った。

「もう少し、そっちに行ってもいいですか？」

「…………」

「伊織さんにくっつきたいんです」

彼がかすかに顔を歪《ゆが》め、晴香の腕をグイと強く引いてくる。

天沢の胸に勢いよくぶつかる形になって、息を詰めた。彼はこちらの身体を抱きしめつつ、ぼやくように言う。

「最近は会うたびに触れてばかりだったから、少しは抑えようと思ってたのにな。……ただ君とのんびり過ごして、一緒に眠るだけでいいと思ってたのに。情けない話だ」

どうやら天沢は初めて抱き合って以降、箍《たが》が外れている自身にいたたまれなさを感じていたらしい。

確かに最近は以前と比べて会う頻度が増え、食事をしたあとにホテルに行ったり、晴香を送ったとき、そのまま家で抱き合う流れになっていた。

（でも……）

晴香は彼の背中に腕を回し、ぎゅっと抱き返す。そして服越しに天沢の身体の硬さとぬくもりを感じながら言った。

「わたし、嫌じゃありません。伊織さんとご飯を食べたり、一緒にいるだけでも楽しいんですけど、こうやって体温を感じるとすごく安心しますから」

「……そんなことを言われると、抱きたくなって困る」

「はい。してください」

元よりそのつもりでいた晴香は、軽く噴き出しながら頷く。すると天沢がその瞳に一瞬獣めいた欲情を漲《みなぎ》らせ、口づけてきた。

「ん……っ」

唇が触れ合った次の瞬間、彼の舌が押し入ってきて、晴香はくぐもった声を漏らす。

ざらつく表面を擦り合わせ、口腔《こうこう》をいっぱいにされる感覚に、すぐ余裕がなくなった。絡みつく舌はときおり喉奥まで探り、苦しくなった晴香は彼のTシャツを強くつかむ。

ぬるぬると絡ませながら蒸れた吐息を交ぜるのはひどく官能を煽《あお》り、何度も繰り返されると目に涙がにじんだ。

「は……っ……」

天沢の手が部屋着の上衣の下にもぐり込み、直接素肌に触れる。

脇腹を撫でる感触にくすぐったさが募って、晴香はわずかに身じろぎした。這《は》い上がった手がブラ越しに胸のふくらみを揉《も》みつつ、彼が晴香の身体をソファに押し倒してくる。

そして上衣のファスナーを引き下ろし、ブラのカップをずらした。

「……うっ、ん……っ」

胸の先端に吸いつかれるとじんとした感覚が走り、晴香は小さく呻《うめ》く。一度強く吸ったあと、彼の舌は乳暈《にゅううん》をなぞり、芯を持ち始めたそこを押し潰してきた。

そうしながらも、もう片方の胸を大きな手に包み込まれ、晴香はやるせなく息を乱す。

「はぁっ……」

天沢が背中に腕を回し、ブラのホックを外す。上衣ごと取り去って床に落とした彼は、あらわになった胸を両手でゆっくりと揉みしだいてきた。

「う……っ、んっ、……あ……っ」

さほど大きくはない胸だが、彼は気に入っているらしく、いつも執拗《しつよう》に愛撫《あいぶ》してくる。触れられるうちにじわじわと淫靡《いんび》な気持ちが募り、晴香は上気した顔で天沢を見上げた。

ＤＶＤを見るために電気を消しているものの、今もテレビは点けっ放しで、室内は真っ暗ではない。彼の目にははっきり見えているに違いなく、晴香は小さく言った。

「い、伊織さん……」

「ん？」

「テレビ、消してください……」

天沢が身を屈めて晴香の胸のふくらみをつかみ、尖《とが》りを舌で舐《な》めつつ「どうして」と聞いてくる。それに落ち着かない気持ちになりながら、晴香は必死で訴えた。

「……っ……だって、恥ずかしいし……っ、ぁっ！」

「そんなに明るくないから大丈夫だろう。君の身体はきれいなんだから、隠す必要はない」

「そ、そういうことじゃなくて……っ」

胸を嬲《なぶ》る動きは止めないまま、彼の手が腰の辺りに触れてきて、晴香はドキリとする。

　天沢は晴香の太ももを撫でたあとで身体を起こし、短パンを脱がそうとしてきた。それに気づいた晴香は、慌てて彼の手をつかんでそれを押し留める。

「や、待っ……」

　真っ暗ではない中で全部を脱がされるのは、やはり恥ずかしい。これまで何度か抱き合っているが、毎回必ず電気を消してもらっていた。

　しかしそんな晴香を見下ろして、天沢が言う。

「俺はこのまましたいんだが。君の全部を見てみたい」

「……そ、そんな」

「――晴香」

　名前を呼ばれた途端に心臓が跳ねて、押さえていた手の力が抜けていく。

　彼は晴香の短パンと下着を引き下ろし、床に放った。そしてテレビのチカチカとした明かりの中、こちらの裸体を見下ろして言う。

「……やっぱりきれいだな。色が白くて、細くて」

「……っ」

　天沢の手が脚の間に触れてきて、晴香はビクリと身体を震わせる。

　彼の指が花弁を開き、にじみ出た愛液を塗り広げるように動いた。そして蜜口に、ゆっくりと指を埋めてくる。

「うぅっ……」

挿し込まれる異物感に、晴香は眉を寄せて小さく呻いた。

一本の指が難なく埋められ、すぐに本数を増やされる。二本に増えた指が隘路《あいろ》を行き来し始め、粘度のある水音が立った。溢《あふ》れ出た愛液が指の動きをスムーズにし、何度も内壁を擦られる感覚に声が出る。

「はっ……ぁっ、ん……っ……あ……っ」

指が埋められた局部を見られるのは、晴香に強い羞恥を与えた。

せめて淫らな音が出ないようにしたいのに、力を込めれば込めるほど内部のゴツゴツと硬い指を意識してしまい、愛液が溢れるのを止められない。

晴香を喘《あえ》がせる天沢の目には、押し殺した欲情がにじんでいる。彼は中を穿《うが》ちながら親指で快楽の芽を撫でてきて、晴香は息をのんだ。

「やっ……それ、駄目……っ……」

「中が締まった……一緒にすると、気持ちいいか？」

「んっ、やぁ……っ」

中を激しく掻《か》き回され、花芽を押し潰される。聞くに堪えない淫らな水音が立ち、やがて快楽に追い詰められた晴香は、ビクリと身体をのけぞらせて達した。

「あ……っ！」

身体の奥で快感が弾け、頭が真っ白になる。

隘路から指を引き抜いた天沢が、自身の手を濡らした愛液を舐めた。そして息を乱してぐったりした晴香の脚に手を掛け、身を屈めてくる。

「……ひゃっ！」

あらぬところを舌で舐められ、晴香は一瞬で我に返る。

溢れ出た蜜を舐められるのは言葉にできないほどの羞恥を伴い、慌てて彼の髪に触れてその動きを押し留めようとした。

「待って、伊織さん、それは……っ」

「――いいから」

髪に触れた晴香の手を握り込み、天沢は秘所に舌を這わせる。

濡れて柔らかい舌が這い回り、ときおり敏感な尖りに触れたり、蜜口をくすぐる感覚は思わず腰が跳ねてしまうほど強烈で、晴香は涙目になりながら切れ切れに声を漏らした。

「はぁっ……あ……っ……や……っ」

（やだ……恥ずかしいのに、こんな……っ）

そうっと視線を向けると、自分の脚の間に顔を埋めている彼の姿が目に入り、一気に体温が上がる。

普段の端正で涼やかな姿とは違って、欲情をあらわにした天沢はひどく男っぽく見えた。身体の関係になった相手は晴香が初めてだというが、彼は回を増すごとに抱き方が上手くなっている気がする。

一方の晴香はそんな天沢に翻弄されるばかりで、毎回グズグズにされていた。せめてあられもない声を出さないよう、手の甲で口元を押さえていると、彼がようやく身体を起こす。そして涙目の晴香を見下ろし、頬を撫でた。

「ごめん。嫌だったか？」

無言で首を横に振る晴香の唇に軽く口づけ、天沢がソファを降りてベッドサイドに向かう。

戻ってきた彼の手にあったのは、避妊具だった。天沢は一旦それをテーブルに置き、Tシャツに手を掛けて頭から脱ぐ。途端に引き締まった身体が現れて、晴香はドキリとした。

（伊織さんの身体、脱ぐとすごく筋肉質で、毎回ドキドキする……）

書道家という内向きな仕事をしている彼だが、毎朝五キロの走り込みを欠かさずしているらしい。

そのおかげか、天沢の全身にはしなやかな筋肉がつき、無駄なところがなく引き締まっていた。彼はスウェットをくつろげ、自身に避妊具を装着する。そして晴香の脚を広げ、蜜口に先端を当てがった。

「……んっ」

丸い亀頭が、蜜口から体内にめり込んでくる。

次いで硬く張り詰めた幹の部分がじわじわと隘路を進んで、晴香はぎゅっと眉を寄せた。こうして天沢を受け入れるのは、もう何度目だろう。圧迫感は相変わらず強いものの、最初に感じた痛みはなくなり、彼と繋がれる喜びがある。

意図して身体の力を抜き、内臓がせり上がるような圧迫感に耐えていると、屹立《きつりつ》が根元まで埋められたのがわかった。晴香の膝をつかんでこちらを見下ろした天沢が、熱っぽい息を吐いて言う。

「いつもより、熱くて濡れてる……。部屋が真っ暗ではないから、興奮したのか？」

彼は「それとも」と言って、チラリと笑う。

「やっぱり舌で舐めたから、かな」

「……っ、違……」

かあっと頭に血が上り、抗議しようとした瞬間、天沢が腰を突き上げてくる。

息が詰まって思わずきつく中を締めつけると、彼は一旦腰を引いた。わずかに呼吸できたのも束の間、すぐに奥を突かれて、晴香は声を上げる。

「あっ……！」

そのまま律動を開始され、晴香は天沢の手首を強くつかむ。

中に挿れられるもののずっしりとした質感、内襞《うちひだ》を擦る硬さに、眩暈《めまい》がするような感覚を味わった。苦しさと紙一重の充実感に、ビクビクと締めつけるのを止められない。

こちらを見下ろす天沢の目には押し殺した熱があり、ときおり漏らす吐息に色気を感じる。それは晴香しか知らない彼の顔で、いとおしさが募った。

「……ぁっ……伊織、さん……」

「……苦しくないか？」

「んっ、平気……ぁっ！」

　答えた次の瞬間、ずんと深く剛直を埋められて、晴香は高い声を上げる。天沢は接合部を見つめながら、吐息交じりの声でつぶやいた。

「すごいな……こんなに狭いところに俺のを全部のみ込んでるなんて、信じられない」

「……っ、や……っ」

「いやらしくて、可愛い。ほら、一番奥に当たってる……」

「あっ、あっ」

　何度も深いところを穿たれ、次第にテレビの明るさを気にする余裕がなくなっていく。溢れ出た愛液で接合部がぬるぬるになっていて、彼が動くたびに淫らな音を立て、晴香は喘ぎながら涙目で天沢を見上げた。すると彼が身を屈め、晴香の片方の脚を抱え上げながらより深いところを穿ってくる。

「あ……っ！」

「晴香……」

「あっ、はっ、伊織、さん……」

　縋《すが》りつくように天沢の首を引き寄せると、彼が唇を塞いでくる。

　喉奥で呻きながら天沢の舌を受け入れ、晴香は交ざり合った唾液を嚥下《えんげ》した。そのあいだも彼の昂《たか》ぶりは身体の深いところを穿ち続けていて、断続的にこみ上げる甘ったるい愉悦に、頭がぼうっとしてくる。

天沢が唇を離し、晴香の上気した頬に口づけて言った。

「可愛い。……もう達っていいか？」

「……っ」

頷いた瞬間、一気に律動を速められて、晴香は嵐のような動きに翻弄される。

こちらを見つめる彼の獣めいた眼差しから目をそらせずにいると、やがてひときわ深く自身をねじ込んだ天沢が、ぐっと奥歯を嚙《か》んだ。

「……っ」

「ぁ……っ！」

最奥で剛直が震え、吐精されたのがわかる。

心臓が早鐘のごとく鳴り、身体がすっかり汗ばんでいた。息を乱した彼がぎゅっと腕の中に強く抱き込んできて、その重みに晴香はいとおしさをおぼえる。すぐに唇が重なり、情事の熱が冷めやらないまま舌を舐め合った。

「はぁっ……」

唇を離した途端、互いの間を透明な糸が引くのが見え、恥ずかしくなる。まだ晴香の体内に自身を挿入したまま、天沢が問いかけてきた。

「……すまない、こんなところでして。身体は痛くないか？」

「へ、平気です」

身じろぎした拍子に体内のものを締めつけてしまい、彼がかすかに顔を歪める。

慎重に引き抜かれる瞬間、内壁が擦れる感触に快感を呼び起こされそうになった晴香は、思わず息を詰めた。やがて後始末をし、スウェットを引き上げた天沢が、ソファの座面でこちらの身体を抱き込んでくる。

「さすがに二人で寝転がるのは、狭いな」

「そうですね」

密着できるのがうれしくて、晴香はクスクス笑う。汗ばんだ肌も、彼の匂いもいとおしく、多少窮屈でも構わないと思った。

そのとき天沢が、ふと気づいた様子で言った。

「君のスマホ、チカチカ明滅してる」

「えっ？　ほんとだ」

晴香は慌てて起き上がり、部屋着で胸元を隠しながらテーブルの上のスマートフォンを手に取る。

（あ、また――）

画面を開いた瞬間、心臓がドクリと跳ねて、すうっと血の気が引いていくのがわかった。晴香が顔をこわばらせているのに気づいた天沢が、不審な顔をして問いかけてくる。

「どうした？　何か急な連絡でも」

「あっ、いいえ。ただの迷惑メールだったので」

「……そうか」

晴香は精一杯平静を装い、スマートフォンを閉じる。そしてテーブルに置くと、彼に向き直って言った。

「それより、DVDを見直しませんか？　せっかく借りてきたものですし」

「そうだな」

天沢がリモコンを操作し、チャプターを戻す。その傍ら、晴香は脱ぎ捨ててあった下着と部屋着を元どおり身に着けた。

彼に背中から抱き込まれる姿勢でテレビの画面を見つめながら、晴香の胸には言い知れぬ不安がこみ上げていた。先ほどの〝迷惑メール〟に書かれていた文面が、目に焼きついて離れない。

（わたしは……どうしたらいいんだろう。あんなメールが来て、もし今後メールだけで済まなくなったら）

でも天沢に心配をかけるようなことだけは、したくない。

彼はときおりメディアに出る人間なのだから、おかしなトラブルに巻き込んでしまわぬよう、自分だけで処理するべきだ。晴香はそう自身に言い聞かせた。

（まずはスマホにくるメールを、全部迷惑メールフォルダに入れよう。今はそれ以外に実害はないんだから、様子を見なきゃ）

だがこれ以上エスカレートした場合――自分はどうするべきだろう。

心にモヤモヤとしたものがこみ上げて、ひどく落ち着かなかった。晴香はテレビの画面を見つめ、背中に天沢のぬくもりを感じながら、自分の中に渦巻く不安をじっと押し殺した。

＊　＊　＊

八月の初旬に大学が夏休み期間に入った奏多は、元々やっている飲食店のアルバイトに加え、塾の夏期講習の短期バイトや音楽フェスの当日スタッフなど、予定がいっぱいだ。

今日のバイトは午後四時からで、それまで時間がある。以前ならこういうときに姉の晴香のアパートに行き、せっせと家事をしてやっていたが、今の彼女は彼氏持ちだ。

万が一鉢合わせては気まずくなると考え、奏多はアポを取るべくスマートフォンを操作した。

(まあ、彼氏ができてからの晴香はちゃんと家の掃除をするようになったから、俺が行く必要はないんだけど。……変われば変わるもんだよな)

最初に彼氏だという書道家のプロフィールを見せられたときは、何かの冗談かと思った。

書道家一族の生まれだという彼は、展覧会でいくつも入賞歴があり、書道教室を主宰している。店舗や商品のロゴ制作やイベント講師の他、メディアに出る仕事も多くしているらしい。

おまけに結構なイケメンで、そんなハイスペックな人間が一体なぜ晴香とつきあうことになったのかと思うが、二人は上手くやっているようだ。昔からシスコンの自覚がある奏多は、姉がちゃんとした相手を見つけた事実に、安堵《あんど》と寂しさ両方の気持ちを味わっていた。

（お、返事きた）

通話アプリのメッセージによると、今日の晴香は仕事だという。

彼女の職場である書店と、奏多のアルバイト先は地下鉄で一駅しか離れていないため、「一緒に昼飯を食おう」と誘ったところＯＫの返事がきた。

かくして昼の十二時半、奏多が書店に行くと、晴香はカウンター内で客の対応をしていた。パソコンを操作して何かを調べた彼女は、紙を取り出して客に記入してもらっている。

やがて客が帰っていき、カウンターを出た彼女が、売り場にいた奏多に気づいて言った。

「あ、来てたんだ。ごめんね、待たせて」

「もう休憩入れんの？」

「うん。エプロン外してお財布取ってくるから、ちょっと待ってて」

晴香はすぐに事務所から出てきたが、時間的に飲食店はひどく混んでいる。

そのため、デパ地下で何か買ってフロアの隅のベンチで食べることにした。首尾よく空きのベンチを見つけてお茶のペットボトルを開けながら、奏多は彼女に問いかける。

「仕事、忙しいの？」

「うん。ほら、もうすぐお盆でしょ？　そのあいだに新刊が出ない分、発売日が前倒しになるんだ。それに備えて、売れない本を返品して棚を空けないといけなくて」

晴香いわく、一定期間売れない商品は、取次を経由して出版社に戻されるらしい。それがいわゆる〝返本〟だが、個人的に気に入っている作家だったり、売れ方がゆっくりでも少しずつはけていく商品は、なるべくなら返品したくないという。

「でも返本しないと棚が空かないし、棚が空かないと売れ筋が入らなくなるから、どっかで思い切らなきゃいけないいんだけどね」

そんな晴香はいつもどおり明るい口調だが、どこか空元気な感じが否めない。奏多は口の中のものを嚥下し、彼女に問いかけた。

「——何かあった？」

「えっ？」

「どっか無理してるように見えるから。あれか、彼氏と喧嘩《けんか》して、もう駄目になったのか」

奏多の言葉を聞いた晴香が、ムッとしたようにこちらを見る。そして憤然とした顔で答えた。

「喧嘩なんてしてない。伊織さんとは、ちゃんと仲良くやってるから」

「へえ。〝伊織さん〟とか、下の名前で呼んでるんだ」

「そ、そうだよ」

とりあえず彼氏とは、仲良くやっているらしい。自分の心配は杞憂《きゆう》だったかと奏多が考えていると、彼女が「……でも」と言葉を続けた。

「ちょっと、それ以外に……気になることがあるっていうか」

「何?」

晴香がゴソゴソとバッグを探り、自分のスマートフォンを取り出す。彼女は画面を操作して、奏多にそれを差し出した。

「このフォルダのメールを、全部見てほしいの」

一体何事かと思いつつ、言われるがままにディスプレイを見た奏多は、みるみる顔をこわばらせる。

それらはすべて、卑猥《ひわい》なメールだった。「今日会おう」と執拗に誘ってくるもの、下着姿の写真を送ってほしいと言ってくるもの、中には具体的な金額を提示してホテルに誘うものや、男の局部の無修正画像を添付したものまである。

「何だよ、これ……」

驚くのは、そのどれもが「晴香ちゃん」と名指ししていることだ。奏多は顔を上げ、姉を見て言った。

「どういうことだよ。何でこいつら、晴香の名前を知ってんの?」

「わからない。少し前から頻繁に届くようになって……全然心当たりがないのに、この人たちはなぜかこっちの名前を知ってるの。わたし——どうしていいかわからなくて」

奏多は目まぐるしく考える。メールの文面は、どれも性的な内容だ。しかも晴香の名前を知っていて、「可愛い」「好み」というフレーズもあることから、顔を知られている可能性がある。

奏多は考え込みながら言った。

「たぶんだけど……これ、晴香の名前で出会い系サイトに登録されてるんだと思う」

「出会い系サイト?」

「うん。だってメールの内容が、全部性的なことばかりだろ。スマホにメールが来るってことは、アドレスも割れてるんだろうな」

「わ、わたし、そんなのに登録してない。出会い系なんて」

名前とメールアドレス、顔写真までがそんないかがわしいサイトに登録されているとしたら、とんでもない話だ。奏多は眦《まなじり》を強くして言った。

「SNSの情報が流出したってことはないか? 自分の写真を載せてて、それを使われたとか」

「ううん、全然。そういうのはやってないし」

ならば最近、誰かにアドレスを教えたことはないかと問いかけると、晴香がふと思い出したようにつぶやく。

「教えたことは——確かにあるかも」

「誰に?」

「書道教室の、生徒さん。わたしと同年代の三人組の女の子たちで、名前やアドレスを教えてほしいって言われたから……」

そこまで言った彼女は、ハッとした顔でこちらを見る。

「そういえば、写真も撮られた。カフェでお茶したときに、いきなりスマホ構えて『こっち向いて』って言われて。名前や仕事の内容、住んでるところも、詳しく聞かれたの」

聞けば彼女たちは、晴香の交際相手である天沢の熱烈なファンだという。

教室にいるときは常に彼に声をかけるタイミングを窺っていて、他の生徒とは明らかにテンションが違うらしい。奏多は顔をしかめて言った。

「そいつら、晴香に対して悪意があって、わざと近づいて個人的な情報を収集したんじゃないか？　今も親しくしてんの？」

「ううん。実は最初に声をかけてきたとき、ニコニコして三人ともすごく愛想が良かったんだけど、そのあとはパッタリ連絡がこなくなったの。教室で会ったとき、わたしから声をかけても……適当な感じで返事をして、三人ですぐにいなくなっちゃうし」

奏多の中で、疑惑が核心に変わる。

おそらくその三人組は最初から個人データを入手するのが目的で、晴香に近づいたのだろう。そして出会い系サイトに彼女の本名と顔写真、アドレスを載せて登録した。

（……ふざけんなよ。犯罪行為だろ、それ）

晴香のスマートフォンには既に一〇〇通を超えるメールがきていて、すべてが卑猥な内容だ。もしアドレスのみならず住所まで明かされることになったら、顔が知られている分トラブルに巻き込まれる可能性は高い。

奏多は彼女に向かって言った。

「とりあえずメールアドレスを変更したほうがいいと思うけど、証拠保全が先かな。警察にも相談したほうがいいと思う」

「警察……」

「考えてみろ。もしお前に興味を持った男が、アパートの場所まで知ったとしたらどうする？　レイプ目的で押しかけてくることだって、充分考えられるだろ。それに第三者が勝手に個人情報を外部に晒《さら》すのは、犯罪だ。事実こうして実害だって出てる」

奏多の言葉を聞いた晴香が、青ざめた顔でこちらを見る。そして小さな声で言った。

「でも……その子たちがやったっていう証拠はないでしょ。もし冤罪《えんざい》だったら」

「それを調べるのは、警察の役目だ。関係ないならよし、真犯人が別にいるなら、そいつを捕まえてもらえばいい。どっちにしろ、ちゃんと調べてもらえれば安心なんだから」

奏多は晴香にしばらくアパートには戻らず、実家に身を寄せるよう提案する。すると彼女が困惑した顔で答えた。

「そんなの困るよ……だって職場から遠くなるし」

「背に腹は代えられないだろ。何かあってからじゃ遅いんだぞ」

「わかってる。でも」

急にこんなふうに言われた晴香が、混乱する気持ちはよくわかる。しかし独り暮らしで、しかも帰りが遅い日もある姉のことが、奏多は心配でたまらない。

そこでふと思いつき、奏多は彼女に向かって言った。

「――なあ、だったら俺が晴香ん家に泊まるのはどう？」

「えっ」

「ちょうど今は、大学が夏休みだから。バイトにもお前ん家から行ったほうが近いしさ。もし帰りが遅くなる場合は、駅まで迎えに行ってやれる」

我ながらいい考えだ。奏多は筋骨隆々なタイプではないが、男と一緒にいる晴香を襲うほど、相手も分別を失くしてはいないだろう。

彼女はびっくりした顔でこちらを見ている。奏多は時計をチラリと確認して言った。

「決まりな。俺はこれから一旦家に戻って荷物作って、バイトが終わったあと、お前ん家まで行くから」

第8章

天沢の家は、普段から人の出入りが多い。

それは長く書道教室をやっているせいももちろんあるが、母親の祥子が社交的で顔が広いことも、理由のひとつとしてあった。

外の打ち合わせから戻った天沢は、このあとの書道教室に備えて着替えるべく二階に上がろうとした。しかし応接間にいた客に、声をかけられる。

「瑛雪さんじゃないの。お久しぶりねえ」

中にいるのは、祥子より少し年上の品のある老婦人だった。声をかけられた天沢は素通りできず、応接間の戸口に膝をついて折り目正しく挨拶する。

「ご無沙汰しております、本田さん。お元気そうで何よりです」

「まあまあ、しばらく見ないうちにまた男ぶりが上がって。ご活躍は、常々耳に挟んでおりますよ。瑛雪さんは、もうすぐ三十歳におなりだったかしら。年齢的にそろそろ身を固めることも考えるべきではない？　ねえ、祥子さん」

市内に住む資産家の夫人である彼女は、見合い話を取りまとめることを趣味としている。祥子が困ったように微笑み、天沢をチラリと見て言った。

「年齢的にいうと、確かにそうですけれど。こういうことは、お相手あってのことですから」

「あら、瑛雪さんほどの方なら、喜んで受けてくださる人が大勢いらっしゃるわ。私にご紹介させていただける？　どなたか良いお嬢さんを見繕って――」

目を爛々《らんらん》と輝かせる本田夫人の言葉を遮り、天沢ははっきり告げる。

「お心遣いは大変ありがたいのですが、僕には現在、大切にしたい女性がおります。どうか温かく見守っていただけますよう、よろしくお願いいたします」

意外な答えだったのか、彼女が「まあ……」と言って口をつぐむ。天沢は微笑んで話を切り上げた。

「仕事がありますので、これで失礼させていただきます。どうぞごゆっくり」

立ち上がって退室した天沢は、階段を上がって二階に向かう。

衣裳《いしょう》部屋に入り、桐簞笥《きりだんす》から着物や帯を取り出しながら、ため息をついた。

(ああいう手合いにははっきり言っておかないと、気づいたら見合いをセッティングされてたりするからな。いちいち説明するのが煩わしいが、仕方ない)

天沢がいう〝大切にしたい女性〟とは、もちろん晴香のことだ。

かねてから交際していた彼女とは、半月前ようやく本当の恋人同士になれた。以来二週間、天沢の晴香に対する想いは、日に日に増すばかりだ。

これまで他の女性としたことはないが、おそらく自分と彼女との身体の相性はいいのだと思う。体型は細いのに晴香はどこを触っても柔らかく、その感じやすい反応にいとおしさが募った。

彼女の身体がもたらす快楽は蜜のように甘美で、「少し抑えなければ」という自制の思いも虚しく、気づけばいつも我を忘れて抱いている。

（でも……）

傍から見れば、自分たちの関係は順調なはずだ。少しずつ心を通わせ、焦らずステップアップして、世間並みの恋人同士になれた。晴香のことは信頼しており、素直な性格も可愛らしい容姿も、全部が好きだと思う。

だが天沢は、数日前自宅に泊まりに来たときの彼女の態度に引っかかりをおぼえていた。

（やたらスマホを気にしていたが、何かあったのかな……。あのあとも、何度もランプがチカチカしてたし）

それだけではなく、晴香はスマートフォンを天沢の目から隠したがっているそぶりをしていた。今までにないその行動は、天沢をほんの少し不安にさせている。

（俺の気にしすぎなら、いいんだが……）

午後六時からの書道教室は、いつもより若干人数が少なかった。滞りなく終え、五分ほど控室で休憩したあと、すぐに八時のクラスが始まる。

教室に向かうために部屋から出ると、廊下にいたＯＬ三人組が話しかけてきた。

「瑛雪先生、こんばんは」

「……こんばんは」

わざわざ天沢に挨拶するために廊下で待っていたらしい江本、木下、野村の三人は、皆キラキラと華美な服装をしている。

努めて事務的に対応した天沢だったが、稽古が始まって実習に入った途端、彼女たちから頻繁に呼びつけられることになった。

「瑛雪先生、ちょっといいですか？」

「ここの部分が上手く書けなくってー」

一度教えてから他の受講者の元に行くものの、三人から代わる代わる呼びつけられ、ストレスが溜《た》まる。天沢は極力平静な顔を作り、抑えた口調で言った。

「木下さん、さっきも教えましたよ。少しはご自分で考えて書いてみてください」

「えー、でもぉ」

両隣に座った江本と野村がこちらを見て、冷やかすようにクスクス笑っている。じんわりと苛立ちを募らせる天沢に対し、木下が言った。

「じゃあもう一回だけ、目の前でお手本を書いてもらえませんか。ね？」

仕方なく天沢は彼女の筆を手に取り、鋒先《ほさき》に墨液を馴染《なじ》ませる。

そして半紙に書こうとしたところ、ふいに木下が身じろぎし、こちらの右腕に自分の胸を強く押しつけてきた。ぷるんとして弾力のある感触に驚いた天沢は思わず目測を誤り、半紙のあらぬところに筆の先を着地させてしまう。

「ちょっ……！」

「あ、すみませーん」

木下のバストは平均より大きく、しかも服の胸元は谷間が見えるくらいに大きく開いている。

てっきり偶発的な事故かと考えた天沢だったが、彼女は婀娜《あだ》っぽい微笑みを浮かべ、とびきりの内緒話のようにささやいてきた。

「触りたかったら、触ってもいいですよ？　先生なら大歓迎です」

「……っ」

木下は、わざとこんな行動をしている。そう悟った瞬間、カッと頭に血が上って、天沢は筆置きに叩《たた》きつけるように筆を置いていた。

その音に驚いた教室内が、一瞬しんと静まり返る。天沢は身の内に渦巻く怒りをぐっと抑え、木下を見下ろして低く告げた。

「——真面目にやらないのであれば、もう教室《ここ》には来なくて結構です。今すぐお帰りください」

こちらの怒りを察した三人が笑いを収束させ、叱られた子どものように不貞腐れた表情になる。

他の受講生たちが「一体何事か」という眼差しを向けてきて、辺りに気まずい空気が流れた。天沢は教室内にチラリと目を配り、小さく息をついて言う。

「失礼。すぐに戻ります」

一旦教室から出た天沢は、隣の控室へと入る。そして後ろ手に襖《ふすま》を閉め、かすかに顔を歪《ゆが》めた。

（くそっ、俺は何やってるんだ。他の受講者もいるのに、教室で怒りをあらわにするなんて）

これまでもあまり真面目とは言い難かった三人だったが、先ほどのようなふざけたアプローチをしてきたことは一度もなく、一定の節度は心得ていた。

しかし今回のは、悪質だ。稽古の最中に偶然を装って性的な接触をしてくるなど、本当に馬鹿げている。教室では毎回手を抜かずに指導するのをモットーとしてきたため、天沢の心には〝仕事を汚された〟という怒りがふつふつと湧いていた。

とはいえ、あの三人以外の受講生は真面目に書道に取り組んでいる。彼らを放置するのは講師としてあまりに無責任で、天沢は理不尽なでき事に対する苛立ちを抑え込んだ。

（切り替えろ。いつまでもイライラしてたって、仕方ない。……皆、金を払ってここに来てくれてるんだから）

深呼吸し、どうにか平静を取り戻した天沢は、教室に戻る。

先ほど退室を促した木下は、もしかしたら教室にはいないかもしれないと考えていたものの、まだ席にいた。しかしあえて構うことはせず、天沢は他の受講生の指導に専念する。

やがて午後十時に稽古を終えると、どっと疲れを感じた。教室を片づけ、電気を消した天沢の中に、晴香に会いたい気持ちがこみ上げる。

（十時過ぎか……こんな時間に連絡するのは、迷惑かな）

しかしほんの少しでも顔を見たい気持ちを抑えきれず、天沢は通話アプリで「これから会えないか」と連絡する。するとすぐに彼女から返事がきた。

『今日は閉店後に、お店に残ってフェアの棚を作ってました』

『これから帰るところです』

渡りに船と、天沢は迎えに行くことを提案する。晴香は遠慮したものの、天沢が食い下がると渋々了承したため、着替えて車を出した。

彼女の職場であるT書店は、街中の大通駅にある。大きなビルの中に入っていて、立地的にとてもにぎやかなところだ。

だが夜の十時半になれば、辺りは人もまばらでだいぶ閑散としている。ビルの裏側に車を回したところ、歩道に人待ち顔で立っている晴香がいた。天沢はハザードランプを点灯し、緩やかに車を減速する。

「伊織さん、わざわざ迎えに来てもらってすみません」

「いや。ちょうど俺も、仕事が終わったところだったから」

彼女がシートベルトを締め終えたタイミングで、天沢は車を発進させる。そして大きい通りへとウィンカーを出しながら問いかけた。

「どうする、どこかで食事するか？」

「えっと……あの、食事はいいです。家にあるものを食べるので」

どこか歯切れの悪い返事に、天沢はチラリと晴香を見る。すると彼女が、慌てた様子で言った。

「すみません、せっかく誘ってくれたのに。食事はまた、日を改めてお願いしてもいいですか？」

「ああ、気にするな。そうだよな、これから食事をしたら帰りが遅くなるし、明日の仕事に差し支える。俺の配慮が足らなくて、すまない」

「そ、そんなことないです。わたしこそ、仕事のあとに迎えに来てもらったりして……迷惑をかけてしまって」

迷惑とはまったく感じておらず、晴香の顔が見たいだけだったが、彼女はひどく恐縮している。

道路は昼間とは違い、かなり空いていた。道幅を広く感じながら運転していると、ふいに晴香のバッグの中でスマートフォンが鳴る。

「……あ」

すぐに切れたため、おそらくはメールか何かなのだろう。その音を聞いた瞬間、彼女はドキリとした顔をしたものの、取り出して確認しようとしない。天沢は不審に思って問いかけた。

「今、スマートフォンが鳴ったようだが。確認しなくていいのか？」

「えっ？　あ……あとで確認します」

狼狽《ろうばい》したその様子を見た天沢には、既視感があった。つい最近、晴香と同じようなやり取りをしたような気がする。

（そうだ。……うちに泊まりに来たときも、彼女のスマホが鳴っていた）

もし友人や仕事の連絡であるならば、こちらに構わず確認すればいい。それなのに自分の前で頑なにスマートフォンに触れようとしないのは、一体なぜなのだろう。

車内に微妙な沈黙が満ちた。やがて車は晴香のアパートの前までやって来て、天沢は一旦停車させる。そして彼女に問いかけた。

「君の家に、上がってもいいか？」

「……っ、あ、あの」

晴香がドキリとした表情で、こちらを見る。躊躇《ためら》っていた様子の彼女は、しばらくの沈黙のあと、小さく答えた。

「ごめんなさい。……今日は、ちょっと」

「……そうか」

かなり言いにくそうな返答を前に、天沢は精一杯普通の口調で言う。

「じゃあ、俺はこれで帰る。ゆっくり休んでくれ」

「はい。わざわざありがとうございました」

晴香がどこかホッとした顔で、気配を緩めた。それを見た瞬間、天沢の中に言葉にできないほどの凶暴な衝動がこみ上げる。

助手席のドアを開けようとする細い腕をつかみ、低く彼女を呼んだ。

「――晴香」

「はい？　ぁ、……っ」

強く身体を引き寄せ、その唇を塞ぐ。

歯列を割り、舌を絡めて口腔《こうこう》を舐《な》め尽くすと、晴香がくぐもった声を漏らした。

「……っ、ん……っ……」

一度呼吸をする余裕を作ったあと、再度深く唇を嚙《か》み合わせる。ぬるぬると絡ませ、混ざり合った唾液を嚥下《えんげ》した彼女は、唇を離す頃には上気した顔で目を潤ませていた。

「伊織、さん……」

「……ごめん」

人が通るかもしれないところでキスをしたことを謝る天沢に、晴香が首を横に振る。

こちらの離れがたい気持ちを察しているかのように、彼女はしばらく黙っていた。やがて晴香は天沢の手に触れ、おずおずと口を開く。

「……じゃあ、おやすみなさい」

「ああ」

今度こそ彼女が車を降りていき、天沢はそれを見送る。

アパートの階段の前で晴香がこちらをチラリと振り向くのが見え、天沢は軽く片手を上げた。彼女は小さく頭を下げ、外階段を二階に上がっていく。

（人に見られるかもしれないのに、こんなところでキスするなんて。……俺はどれだけ堪え性がないんだ）

自分の前でスマートフォンを触ろうとしない晴香に、違和感をおぼえたからだろうか。

食事や家に寄ることも拒まれた天沢は、彼女の態度によそよそしさを感じていた。だからといっていきなりキスしていいことにはならず、気持ちを抑えきれなかった自分に忸怩《じくじ》たる思いがこみ上げる。

（最近、頻繁に会いすぎたのかもしれない。だから晴香も、自分の時間が欲しくなったのかも……）

そのとき何気なくアパートの上階を見た天沢は、ふと目を瞠《みは》る。

晴香は二階の角部屋の前で玄関のドアを開けたところだったが、中から見知らぬ若い男が顔を出していた。男は不満げな顔で何か言いながら彼女に向かって腕を伸ばし、頭にポンと手を置く。

一方の晴香はそれを嫌がるわけでもなく、至って気安い態度だ。二人は話しながら室内に吸い込まれ、やがて玄関のドアが閉まった。

天沢は呆然《ぼうぜん》とし、しばらく動けなかった。あの男は、一体誰なのだろう。もしかして先ほど職場まで天沢が車で迎えに行くのを拒否していたことも、食事の誘いを断ったことも、彼が自宅にいたからだろうか。

それだけではなく、度重なるスマートフォンの着信も、あの男からだったのかもしれない。

（……そうか。だから俺が家に上がるのを、拒否したのか）

心にポツリと、波紋が広がった。

辺りはひどく静かで、誰も歩いていない。街灯の明かりだけが皓々《こうこう》と道を照らしていた。しばらくハンドルを握ったままじっと考え込んでいた天沢は、やがてハザードランプを切り、緩やかに車を発進させた。

＊　＊　＊

車から降り立った途端、少し湿り気を帯びた夜気が全身を包み込む。

自宅まで送ってくれた天沢が運転席で片手を上げるのが見え、晴香は小さく会釈をした。

（早く帰らないと。さっきのメッセージを無視したから、きっと奏多が心配してる）

先ほど車に乗っているときに着信を無視したのは、最近の癖のようなものだ。

卑猥《ひわい》なメールが大量に届くようになってからというもの、晴香はすっかりスマートフォンの着信音が怖くなった。現在は奏多のアドバイスに従い、任意の相手のものだけ音が出るようにしている。昨日と今日は仕事で都合がつかなかったが、明日は休みであるため、彼と一緒に警察署内の生活安全課に相談に行く予定になっていた。

足早にアパートの階段を上がり、玄関の鍵を開ける。すぐに中から出てきた奏多が、こちらを見るなり不満そうな顔をした。

「何でメッセージ返さねーんだよ。心配するだろ」

「ごめんね。残業が終わるタイミングで、伊織さんから迎えに来てくれるって連絡がきたから」

それを聞いた彼は「はあ？」と言って、晴香の頭の上にポンと手を置く。

「何だよ、彼氏といちゃついてたから返信できなかったのか？　俺は駅まで様子を見に行こうかって考えてたのに、ずいぶん能天気なもんだな」

「だから、ごめんってば」

わざと髪をぐしゃぐしゃにされた晴香は、手櫛《てぐし》でそれを直す。

昨日から奏多は、晴香の自宅アパートに泊まりに来ている。出会い系サイトの利用者にこちらの最寄り駅などがばれている可能性から、なるべく晴香を一人にしないためだ。

ちょうど大学が夏休みに入ったばかりの彼は、嬉々《きき》として荷物をまとめ、アパートまでやって来た。しかし晴香にとって今の状況は、とても悩ましいものになっている。

（食事も家に上がるのも断って、伊織さん、怒ってないかな……。わざわざ送ってくれたのに、ひどいことしちゃった）

食事の誘いを断ったのは、奏多が夕食を作っているからだ。わざわざ用意してくれたものを無下にしてまで天沢と出掛けるような真似は、晴香にはできなかった。

そもそも今回のトラブルについて、晴香は天沢に何も話さないつもりでいる。ただでさえ多忙な彼を煩わせるのは忍びなく、余計な心配をかけたくないというのがその理由だ。

（でも……）

内緒にするのを決めたため、晴香は奏多がしばらく自分のアパートに滞在することを天沢に言えずにいる。

一日や二日ならともかく、大学の夏休み期間は一ヵ月半だ。事態の解決の目途が立たないかぎり、奏多はきっと晴香の傍から離れようとしない。市内に自宅があるにもかかわらず、彼がそれほどまでに長くアパートに滞在する理由を、晴香は何も思いつかなかった。

（それに……）

奏多がいる状況では天沢を自宅に上げられないのも、深い悩みの種だ。

これまでは晴香の家かホテルで抱き合っていたが、もし帰りが遅くなった場合、きっと奏多に何をしてるか想像されてしまう。つまり晴香は、奏多が実家に帰るまで天沢と抱き合ったりできないということだ。

（いきなり拒否したら、伊織さん、きっと変に思うよね……。どうしたらいいんだろう）

洗面所で手を洗いながらそんなふうに考えていると、台所から声がする。

「ほら、メシできるから座れよ」

「あ、ありがと」

今日の晩ご飯は、タコライスと海老とアボカドのサラダ、ワンタンスープだ。奏多はこの家にいるあいだ、気が向けばこうして料理をしてくれるつもりらしい。

「美味しそう。いただきます」

時間が遅いため、量は少なめにしてくれている。スプーンを持って食べ始める晴香の向かいに座った彼が、手元にスマートフォンを置いて口を開いた。

「食べながら聞いてほしいんだけどさ」

「うん」

「今日、いろいろ調べたんだ。晴香に悪意を持ってる奴が故意に個人情報を晒《さら》したんだとしたら、何かネットで引っかからないかと思って。まずは〝近場で会える〟ことを謳《うた》った出会い系サイトをしらみ潰しに当たった結果、お前の名前で登録されてるのを一件見つけた。本名と顔写真、そして直アドが載ってる」

晴香はドキリとし、口の中のものを嚥下する。

奏多にその可能性を指摘されたときは半信半疑だったが、どうやら本当に登録されていたらしい。彼が言葉を続けた。

「それから、情報を流出させた疑いのある連中の興味の対象がお前の彼氏だって言ってたから、その名前で検索した。そしたらこういうつぶやきと、写真が出てきた」

奏多がスマートフォンを操作し、画面をこちらに向ける。それを見た晴香は、すうっと血の気が引いていくのを感じた。

「これ……」

――それは夜の街中を連れ立って歩く、晴香と天沢の写真だった。

隠し撮りらしいその写真を撮った人間は、「あまさわ先生が女と歩いてる」「マジゆるさない」などと平仮名交じりの言葉遣いでつぶやいている。

奏多は再度スマートフォンを操作し、画面をこちらに見せた。

「それで、この二日後くらいに上げたつぶやきが、これだ」

「……っ」

見せられたのは、晴香の顔を真正面から撮った写真だ。

モザイクや加工は一切しておらず、「くそビッチ」「身の程知らずなブス」というハッシュタグが付いている。晴香は食い入るようにそれを見つめてつぶやいた。

「これ……江本さんたちとお茶したとき、カフェで撮られた写真だ。お店の様子に見覚えがあるもの」

「たぶんこのアカウントは、そいつらのうちの誰かの裏アカなんだろうな。本アカでつぶやけないようなムカつく人間に対する愚痴を、今までさんざん垂れ流してたみたいだ。晴香と彼氏の姿を目撃したあとは、お前に対する文句ばかりになってる」

心臓がドクドクと速く脈打っている。

画面をスクロールしていくと、晴香を貶《けな》す文言の他、天沢への執着を示すつぶやきがたくさんあった。青ざめる晴香の手からスマートフォンを取り上げつつ、奏多が言う。

「警察に被害を訴えるとき、これも証拠として有効だと思うんだ。該当するつぶやきは全部パソコンでスクショして、プリントアウトしてある。たとえ向こうがアカウントを削除しても、言い逃れはできない」

やはりこちらの個人情報を晒していたのは、江本たちなのだ。そう確信した晴香は、自分に向けられる悪意に胃がぎゅっと縮むのを感じた。

(わたしが伊織さんとつきあってる事実が……そんなに許せないの？　だから江本さんたちは、わたしからいろいろ聞き出してネットに晒した？)

確かに三人の天沢に対する態度は、さながら芸能人の追っかけのようだった。わざわざお金を出して教室に通い、彼に近づこうとしていたにもかかわらず、あとから入ってきた晴香が天沢とつきあい始めた事実が面白くないに違いない。

だが彼女たちなりの言い分があるにせよ、こちらの了承を得ずに個人情報を晒すのは、犯罪だ。このまま流出させられているのはあまりに危険で、削除してもらわなければならない。晴香は口を開いた。

「さっきのアカウント——たぶん三人組の誰かのものだって、証明できると思う」

「マジで？」

「うん。わたしの顔を正面から撮ったとき、野村さんが『この写真、小野さんにも送ってあげる』って言って、わたしのスマホに送信してきたから。履歴に証拠が残ってる」

晴香が自分のスマートフォンを操作し、野村から来たメールと写真を奏多に見せると、彼はSNSの画像と見比べて頷《うなず》く。

「確かに同じ写真だ。これも警察に言ったほうがいいな。やみくもに被害を訴えるより、証拠があったほうがすぐ動いてもらえる」

自分に対して明確な悪意を抱き、傷つけようとしている人間がいる。

その事実は、晴香の心を深く傷つけていた。一方で、今回の件が三人の仕業だと明らかにした場合、書道教室に迷惑がかかるかもしれないと思うと、ひどく落ち着かない気持ちになる。

（警察から書道教室に、連絡がいったりするのかな……。伊織さんには、知られたくないのに）

明日は夕方から、書道教室の予約が入っている。

江本と木下、野村の三人組が一緒になるかもしれないことを思うと、気が重くなった。警察でどういう対応をされるかはわからないが、自分は彼女たちに会ったとき一体どんな顔をすればいいのだろう。

小さくため息をつく晴香を見た奏多が、元気づけるように言った。

「そんな顔すんなよ。大丈夫だって、今はこういうトラブルが多いんだし、警察はきっと門前払いはしないから。ところでこの話、彼氏は全部知ってんの？」

晴香はスプーンで目の前のタコライスをつつきながら、首を横に振った。

「ううん、言ってない」

「言ってないって……まったく無関係じゃないだろ？　だってそいつらは元々晴香の彼氏のファンで、それが原因でこんなことになってるんだから」

「確かにそうだけど、伊織さんのせいじゃないもん。あの人は毎日忙しいし、メディアにも出たりするから、こんなトラブルに巻き込むわけにはいかない。だから何も話さないつもり」

　すると彼は何ともいえない顔になり、こちらを見た。

「普通は知りたいもんじゃないかなあ。もし俺に彼女がいて、何かトラブルに巻き込まれてんのに話してくれなかったら、すげー嫌だよ」

「いいの。自分で解決するって決めたんだから」

　頑なに言い張ったものの、目の前の奏多が手伝ってくれているのだから、厳密には〝自分一人〟ではない。傲慢な言い方を反省した晴香は、弟に向かって言った。

「でも奏多が相談に乗ってくれて、いろいろアドバイスしてくれるの、すごく感謝してる。……ありがとう」

「いいよ、別に。家族なんだから気にすんな」

　彼が本当に自分を心配しているのが伝わってきて、晴香は申し訳ない気持ちでいっぱいになる。

　重くなった空気を払拭するように、奏多が立ち上がって冷蔵庫に向かい、お茶のペットボトルを取り出しながら言った。

「明日、何時に警察に行く？」

「どれくらい時間がかかるかわかんないから、午前中に行こうかな。夕方から書道教室もあるし」

「じゃあ、十時くらいにするか」


翌日、晴香は奏多と連れ立って、最寄りの警察署を訪れた。

相談内容を聞かれ、具体的な被害に遭っていることを伝えると、サイバー犯罪対策課という部署で対応してくれることになる。そしてこれまでの経緯を詳しく説明したところ、若い男性警察官が親身になって話を聞いてくれた。

「最近はＳＮＳが発達したため、こうして個人情報を晒される被害が増えてるんですよ。対策としては、まず出会い系サイトのほうに情報の削除依頼を出すことを推奨しています」

「削除依頼？」

Ｗｅｂサイトに掲載されている内容が個人の権利を侵害している場合、管理者はただちに情報の送信を停止しなくてはならないことが〝プロバイダ責任制限法〟という法律で定められているらしい。警察官が言った。

「Ｗｅｂサイトに個人情報を晒されたことによって名誉を棄損されたと判断される場合は、相手に損害賠償を請求することが可能です。弁護士に依頼すると、その行為をした人間の住所や氏名、ＩＰアドレスや掲載した日時まですべて開示してもらえますから、個人で動くよりスムーズでしょうね」

さらに今回の件を名誉棄損等で立件したい場合は、警察に被害届も出せるという。それを聞いた奏多が、身を乗り出すようにして言った。

「被害届を出したら、警察がちゃんと捜査してくれるんですか？」

「ええ。届を受理したあと、捜査を開始します。犯人と思われる被疑者を呼び出し、話を聞いて、充分な証拠が集まった時点で逮捕という流れです。もし逮捕するより前に相手側と示談が成立した場合、被害届を取り下げることができますから、そのときはご連絡ください」

奏多が被害届の提出を勧めてきたため、晴香は腹をくくって書類に記入する。

こちらの住所や氏名などの他、被害状況や犯人に関する情報を書き込み、提出して警察署を出た。

「思ったより親身になってもらえて、驚いちゃった。勇気を出して来てよかった」

「ああ。さっき弁護士の話をしてたけど、どうする？」

「損害賠償の請求をする場合は、頼んだほうがいいって言ってたよね。とりあえず警察の捜査の進捗を見ようかなって思ってる」

「出会い系サイトのほうに、情報の削除依頼のメールを送んなきゃな。さっきテンプレのＵＲＬもらっただろ」

今まで被害届を出した経験がなく、晴香は落ち着かない気持ちになる。警察からメールアドレスを変更するよう推奨されたため、このあとすぐにやろうと考えた。

「奏多、お昼ご飯食べよっか。つきあってもらったお礼に、わたしが奢《おご》るよ」

「あー、ごめん。ちょっと用事思い出したから、今日はいいや」

「……そう？」

今日の奏多はアルバイトが休みのはずだが、急な用事が入ったらしい。彼はスマートフォンを操作しながら、こちらに問いかけてきた。

「晴香は六時から書道教室って言ってたっけ。遅くなるの？」

「うん。八時に終わって……そのあとは伊織さんと会うから、晩ご飯はいらない」

「わかった。もし地下鉄で帰ってくるなら、連絡して。駅まで迎えに行く」

＊　＊　＊

天沢が今日担当する書道教室は、午前十時からと午後一時、そして六時からとなっている。午後三時と八時開始のクラスは姉の華の割り振りになっているため、午後八時で仕事は終わりだ。

つきあい出してからというもの、晴香は仕事が休みの日に天沢の担当クラスに予約を入れるようになっていて、終わったあとにデートをするのが自然な流れだった。

予約表を見ると、彼女は今日の午後六時からの予約が入っている。普段は晴香と会えると思うと心が躍っていた天沢だったが、今はひどく微妙な気持ちだ。天沢は昨夜、彼女の自宅に見知らぬ男がいるのを目撃してしまった。

(晴香のよそよそしい態度は……やっぱりあの男のせいなのか)

昨夜の光景を見た天沢は、数日前からおぼえていた違和感の理由がわかった気がした。

自分の目の前でスマートフォンを見ようとしないのも、こちらから一歩引いた態度も、別の相手がいると思えば説明がつくのだ。

しかし天沢の印象では、晴香はそういうことができる人間ではない。だからこそ、昨夜からずっとモヤモヤしている。

(……彼女に直接聞くのが、一番いいんだろうな)

自分の中の疑問を、晴香に問い質す。あれこれ一人で考え続けるより、そちらのほうがよほど建設的だ。

だがそうすることで彼女との関係が壊れてしまうことが、天沢は怖かった。こちらが納得できる答えを返してくれればいいが、そうではなかった場合どうしたらいいのか。たとえ今回の件が誤解であったにせよ、不貞の疑いを抱いた自分に、晴香は失望したりはしないか。

(……何だか自己保身ばかりだ。こんなに女々しい考えは、したくないのに)

天沢は考え方を変えてみる。

もし晴香の気持ちが昨夜の男のほうにあるとしたら、自分はどうするべきだろう。

(気持ちとしては……許せない。晴香を誰にも渡したくないし、彼女が他の男を見るのも嫌だ)

天沢にとっての彼女は、とても大切な存在だ。婚活イベントの講師と参加者として出会い、素直で一生懸命なところや潑剌《はつらつ》とした雰囲気に惹《ひ》かれて、マイペースながらようやくちゃんとした恋人同士になれた。

天沢としては横入りする人間に譲るつもりはまったくないが、もし晴香自身が自分以外の人間を好きになってしまったのなら、話が違ってくる。

(俺は晴香を苦しめたいわけじゃない。……彼女には、幸せになってほしいと思ってる)

好きで大切だからこそ、彼女が苦しむのは本意ではない。ならば手を離してやることが最善かもしれないと思えるものの、愛情と強い執着がそれを邪魔していた。

「……り、伊織?」

ふいに呼ばれていることに気づき、天沢は顔を上げる。

テーブルを挟んだ向かい側に座り、朝食の茶碗《ちゃわん》を手にした母親の祥子が、訝しげにこちらを見ていた。

「どうしたの、ぼーっとして。さっきから手が止まっているけど、食欲がないの?」

「ああ、……何でもない」

天沢はお茶を一口飲み、食事を再開する。彼女がご飯を口に運びながら言った。

「ところであなた、このあいだの話だけど」

「どの話だ」

「ほら、本田さんがいらっしゃっていたときの話よ。あの方がすぐお見合い話に持っていこうとするのはいつものことだけれど、あなた、『自分には大切にしたい女性がいます』って言っていたでしょう。最近の行動から、何となくそういう人がいるのかなーとは思っていたけど。お相手は一体どんな人なの？」

祥子は先日の姉たちと同様に、好奇心に満ちた顔をしている。それにうんざりしながら、天沢は蕪《かぶ》の浅漬けを口に放り込んで答えた。

「どんな人間でもいいだろう。いちいち首を突っ込まないでくれ」

「んまあ、そんな言い方ないじゃない。邪魔する気なんてないのよ、ただ、どんなお嬢さんなのかが気になって」

今のタイミングで聞かれるのは、とても微妙だ。もしかしたら交際が駄目になってしまうかもしれないときに、晴香について母親に説明する気にはなれない。

そんな頑なな態度の息子を見つめた祥子が、小さく息をつく。彼女は味噌汁《みそしる》を啜《すす》りながら言った。

「そういえばあなたに言ったかしら。今日、由加里ちゃんが午後うちに来るって」

「由加里が？」

「ええ、学会で来日してるんですって。忙しくしてるみたい」

藤崎由加里は、天沢の母方の従姉に当たる。アメリカの大学で研究職をしていて、日本に戻ってきたときは必ずこの家に顔を出していた。

（……前に来たのは、七ヵ月くらい前か？　久しぶりだな）

幼い頃からよく知っている人間だが、勝気で弁が立つため、天沢はどちらかといえば苦手に思っている。

それはさておき、天沢にとって重要なのは晴香のほうだ。今日は午後八時に書道教室が終わったあと、彼女と会うことになる。自分の中のモヤモヤをぶつけるべきかと考えた天沢は、気が重くなった。

（でも、言いづらいからといって見て見ぬふりはできない。……きちんと話し合わないと）

午前十時から、天沢は書道教室に出る。

約二時間の稽古は十二時少し前に終わり、一時間の昼休憩を挟むのがいつもの流れだ。母屋に戻って昼食を取ろうと考えていた天沢だったが、帰っていく受講者たちの一人が玄関のほうから声をかけてきた。

「瑛雪先生ー、お客さまがいらっしゃってますけど」

書道教室の時間帯の離れは人の出入りが多いため、ときおり業者などがこちら側に入ってくることがある。伝えてくれた受講生に「ありがとうございます」と告げ、天沢は離れの玄関に向かった。そしてそこに佇《たたず》む人物を見つめ、驚きに目を瞠る。

（……えっ？）

訪ねてきたのは、若い男性だった。

年齢は二十歳前後で、髪型や服装が今風の大学生といった雰囲気を醸し出している。身長は一七〇センチ代前半で平均的な高さであるものの、細身のせいか小柄な印象だ。

その容貌には見覚えがあり、天沢は顔をこわばらせる。

（昨夜、晴香のアパートにいた男だ……間違いない）

彼は間近で見るとかなり若く、天沢は戸惑いをおぼえる。一体何をしにここまで来たのかと考えていると、彼が口を開いた。

「あなたが、天沢瑛雪さん？」

「そうですが、どちらさまでしょう」

「急に訪ねてきてすみません。俺は小野といいます。少しお話があるんですが、お時間をいただいてもよろしいでしょうか」

（……小野？）

思いがけない名前に混乱しながらも、天沢は彼に上がるように勧めた。

「――こちらへ」

後ろをついてくる青年は、中庭や広い板間の教室を感心した様子で眺めていた。教室を通り過ぎた天沢は、普段受講生との面談や入会の説明に使っている部屋に彼を通す。

「どうぞ」

「……お邪魔します」

座布団に腰を下ろした青年が、じっとこちらを見つめてくる。そしてチラリと笑って言った。

「ホームページで写真を見ましたけど、実物もすごい男前なんですね。和服姿が様になってて、こんなにすごい屋敷で書道を教えてるし、本当、晴香には勿体《もったい》ないくらいだ」

「失礼ですが、あなたは一体……」

晴香の名前を呼び捨てにした彼が、あっさり答える。

「俺は小野晴香の弟で、小野奏多といいます」

「……弟？」

天沢は目の前の青年を、呆然と見つめる。

彼と晴香の顔立ちには、似ているところはまったくない。だが弟がいるという話は以前から聞いており、彼の言うことが本当なのだと腑《ふ》に落ちた。

（そうか。弟だから……晴香のアパートにいたのか。確かに身内が家で待ってるなら、俺との食事を断ったのにも納得がいく）

心に深い安堵《あんど》が広がり、天沢は浮気を疑っていた自分が情けなくなる。スマートフォンの件など若干の疑問は残るものの、晴香はアパートに他の男を連れ込んでいるわけではなかった。それだけで救われた気持ちになり、思わず深いため息をつくと、それを見た奏多が言った。

「すみません、アポもなく突然訪ねてきて。実は天沢さんに、聞いてもらいたい話があるんです」

「話？」

「江本奈々、木下映美、野村あい――この名前に、聞き覚えはありますか」

彼の口からその名前が出てきたことに驚きつつ、天沢は答える。

「三人とも、この書道教室の受講生ですが」

「実はその三人に、晴香が嫌がらせをされています。それもかなり悪質なものです」

――奏多は語った。

晴香のスマートフォンに大量の卑猥なメールが送りつけられるようになり、彼女から相談を受けたこと。メールの送り主たちはなぜか晴香の名前と顔を知っていて、出会い系サイトをしらみ潰しに当たったところ、彼女の個人情報が勝手に掲載され、いわゆる〝なりすまし登録〟がされていたこと。

「サイトに載せられていた写真は、以前三人組からお茶に誘われた際に撮られたものだそうです。そのとき彼女たちから聞かれるがまま、個人情報を教えてしまったそうで」

彼はよどみなくそこまで説明し、言葉を続けた。

「三人のうちの一人のものと思われる、ＳＮＳの裏アカも突き止めました。仕事の愚痴と天沢さんに粘着するつぶやきの他、晴香に対する罵詈雑言《ばりぞうごん》ばかりのアカウントでした。それらを総合して、個人情報の漏洩《ろうえい》が彼女たちの仕業だと確信した俺は、晴香に警察に相談するのを勧めたんです。それで今日二人で警察署に行って、被害届を出してきました」

あまりに意外な話に、天沢はただ目の前の奏多を見つめた。

まさか晴香がそんな目に遭っているとは夢にも思わなかったが、あの三人がしたことだといえば、妙に納得がいく。

（そうか。……スマートフォンへの着信は、そのメール被害だったのか）

天沢は混乱しながら口を開いた。

「先ほど名前を挙げられた、三人についてですが――確かにそういうことをしそうな雰囲気はあります。何というか、他の受講生の方々とは違って、僕に会うことが目的で教室に通ってきているような感じでしたから」

「たぶん彼女たちは、天沢さんと晴香が一緒にいるのを偶然目撃して、勝手に恨みを募らせたんだと思います。被害届を出したことで警察の捜査が始まるので、いずれ白黒はっきりできるとは思いますけど」

晴香がどれだけ怖い思いをしていたのかと思うと、天沢の胸は痛む。一方で、「なぜ自分に話してくれなかったのだろう」という考えも浮かんだ。

（話してくれれば……力になったのに。俺はそこまで信用できないのか？）

するとこちらのそんな思考を読んだように、奏多が言った。

「晴香は『この件については、天沢さんに話す気はない』と言ってました。いつも多忙だし、メディアにも出ている人だから、自分のことで迷惑をかけるのが申し訳ないって。――でも、俺に言わせれば天沢さんは、まったく無関係じゃない。だって三人組が執着しているのはあなたで、彼女たちと晴香が関わりを持つきっかけになったのは、この書道教室じゃないですか」

「……おっしゃるとおりです」

「晴香はいつもニコニコしてて、悩みなんてなさそうな呑気《のんき》なタイプに見えるかもしれませんけど、実際は気が小さくて、落ち込みやすくて……相手に強く言い返せないところがあるんです。あんなに気持ち悪いメールを大量に送りつけられて、もしかしたらレイプ目的の奴らが自宅周辺に現れるかもしれない、そんな状況に追い込んだ三人を俺は許せないし、元凶となった天沢さんにも、正直いい感情を抱いていません」

静かな怒りをにじませた彼の視線を、天沢は正面から受け止める。そして言葉を選びながら、真剣な眼差しで答えた。

「晴香さんのご家族が怒りを抱かれるのは……ごもっともだと思います。僕は彼女の交際相手として、そしてこの書道教室の責任者として、トラブルをきちんと把握するべきだった。目が行き届かず、本当に申し訳ありません」

天沢が頭を下げるのが意外だったのか、奏多が目を瞠りながらこちらをじっと見つめている。やがて彼は、ばつが悪そうな顔になってつぶやいた。

「本当は、俺のほうが無茶を言ってるんだって……よくわかっています。三人が天沢さんのファンなのも、晴香を逆恨みすることも、予測が不可能だと思うし。でも……あいつのことを守れないいんなら、別れてやってくれませんか」

「えっ？」

「あなたほどの人なら、きっとつきあう女性に不自由しないでしょう。晴香はごく普通の人間で、今回みたいなトラブルに巻き込まれたことは一度もないんです。今後も天沢さんと交際を続けていったら、またこういうことが起きて誰かの悪意をぶつけられるかもしれない。それは弟として、すごく心配なんです」

奏多の言い分は理解できるが、感情として納得はできない。「別れてくれ」と言われてすぐに身を引けるほど、気持ちは簡単なものではなかった。

天沢はぐっと眦《まなじり》を強くし、彼に告げた。

「僕にとっての晴香さんは、代えの利く存在ではありません。自分のすべてを投げ打ってでも守る覚悟があります。今回の件に関しては既に警察に相談されているとのことですが、当教室として、そして僕個人としてできることがないか、真摯に考えたいと思います。どうかしばらく、お時間をいただけないでしょうか」

奏多が真意を探るようにこちらを見ている。

息詰まる沈黙のあと、彼がふっと気配を緩めた。そして小さく笑って言う。

「すみません、俺みたいな小僧が生意気なこと言って。この話をしたあと、天沢さんがどんな反応をするのかなって思ってたんですけど、ちゃんと晴香のことを大事にしてくれてて安心しました。気を悪くされたなら、申し訳ありません」

「いえ。お話を聞かせていただいて、助かりました」

奏多は今後晴香の身辺について何か気になることがある場合、連絡がほしい旨を申し出てきて、天沢はそれを了承する。

彼が立ち上がり、部屋を出て玄関に向かった。奏多は靴を履いたあと、こちらを振り向いて言う。

「じゃあ、俺はこれで。突然押しかけてきてすみませんでした。これからも晴香のこと、よろしくお願いします」

閉まっていく引き戸を、天沢はじっと見つめる。奏多から聞かされたことを反芻《はんすう》し、胸に忸怩たる思いがこみ上げた。

（馬鹿か、俺は。晴香が悩んでいるのにも気づかず、浮気を疑ってグダグダしてたとか、見当違いすぎて目も当てられない）

己の気の利かなさが、嫌になる。

しかし事情を知った今は、晴香のためにできることが必ずある。警察の捜査の進捗を見なければならないが、もし三人による嫌がらせが事実ならば、教室を辞めてもらうのも考えなければならない。

（確か入会規約に、他の受講者への迷惑行為に言及した項目があったはずだ。今のうちに確認しておこう）

晴香に電話をしようかという思いが頭をよぎったものの、すぐに済む話ではないのでやめておく。午後一時からの教室が始まるまで三十分しかない上、内容的に直接会って話すべき話題だからだ。

　それから天沢は一時から三時までの稽古をこなし、その後は仕事のメールのやり取りや依頼品の制作をして過ごした。そして午後六時、再び教室に向かうと、廊下側のいつもの席に晴香の姿がある。彼女は天沢と目が合った瞬間、すぐに何気ない表情でうつむいた。

（少し元気がない感じがするな。……当たり前か）

　思うところはあるものの、ここは仕事の場だ。天沢は気持ちを切り替え、教壇に立った。

「こんばんは。来月に行われる昇級・昇段試験の申し込み締め切りが、本日までとなっています。試験の参加は自由ですが、もしご希望の方がいらっしゃる場合は、忘れずに申込書の提出をお願いします」

　いつもどおりに稽古を進行し、教室内を回る。例の三人組は予約が入っておらず、仕事の邪魔をされないので快適だ。

　一時間ほど経ったところで、天沢はふと廊下から一人の女性がこちらを覗《のぞ》き込んでいるのに気づいた。それは見知った顔で、歩み寄って話しかける。

「何だ、来てたのか」

「お久しぶり。すごいわ、前より生徒さんの数が増えたんじゃない？　教室が狭く感じるもの」

「ああ。お陰さまで」

　彼女――藤崎由加里は、白シャツに黒いクロップドパンツというシンプルな服装ながら、とても華やかな女性だ。

栗色（くりいろ）の巻き髪を後ろで無造作にまとめ、控えめにきらめくシルバーのピアスが、女っぽさを増している。由加里は天沢の肩越しに教室の様子を見つめて言った。

「ね、しばらく教室の見学をしていい？　生徒さんの邪魔はしないから」

普段アメリカで暮らしている彼女は、純日本風な書道教室の雰囲気に興味津々らしい。

天沢が了承すると、由加里は教室の入り口でにこやかに言った。

「すみません、少し見学させていただきますね」

受講者たちはときおり訪れる見学者に慣れていて、拒否する人間はいない。

由加里は教室内をゆっくり回り、それぞれが書くものを興味深そうに眺めていた。ときおり「お上手ですね」と笑顔で声をかけられた受講者が、照れ臭そうに首を横に振っている。社交的な彼女と会話が弾んでいる年配の男性もいて、終始和やかな雰囲気だ。

やがて稽古の終わり際、由加里が言った。

「ねえ、ここにはあなたの作品はないの？　久しぶりに見たいわ」

「隣の控室になら、前に稽古の手本として書いたものがいくつかある」

「入って見てもいい？」

「ああ」

由加里が去っていったあと、天沢は稽古の終わりを告げる。

受講生たちが「ありがとうございました」と頭を下げ、書道道具の片づけを始めた。天沢は昇級・昇段試験の申込書をまとめるべく、一旦控室に入る。中には由加里がいて、天沢の作品を眺めていた。

「あら、終わったの？　お疲れさま」

「学会でこっちに来たって母さんが言ってたが。今日だったのか？」

「ううん、明日。J大のキャンパスでやるの」

彼女はアメリカの大学で工学部の助教をしていて、量子エネルギー変換材料分野の研究をしている。「プラズマ応用によるエネルギー変換機構と、マテリアル創製基礎研究が専門分野だ」というが、天沢にはまったくわからない。

今日締め切りの申込書の枚数を確認してしていると、由加里が横から言った。

「ね、ところで私、さっき瑞希から気になること聞いたんだけど」

「何」

「あなたに彼女ができたって、本当？」

キラキラと好奇心に満ちた眼差しを向けられ、天沢は呆《あき》れて彼女を見つめ返す。そして愛想のない口調で答えた。

「関係ないだろう。中高生じゃあるまいし、人のプライベートにいちいち干渉するな」

「あら、関係なくないじゃない。私とあなたの関係を忘れたの？」

由加里がそう言って、天沢の背後から首にぎゅっと抱きついてくる。彼女は腕に力を込め、耳元で甘ったるくささやいた。

「あなたの初めてのキスの相手は、私でしょう？　可愛かったわよねー、あの頃は。伊織、女の子みたいに整った顔してたから、ときどき瑞希や華にスカートを穿《は》かされて……」

「そんな話はいいから、離れろ」

控室の襖は、開けっ放しになっている。こんな場面を受講生に見られでもしたら、どんな解釈をされるかわからない。

そう思った瞬間、背後からかすかな物音が聞こえ、天沢はそちらに視線を向ける。戸口に立ち尽くした晴香が、驚きの表情でこちらを見ていた。

「……あ」

「あ、えっと、わたし……昇級試験の申込書を持ってきて」

確かに先日の稽古の際、天沢は彼女に一番下の八級を取得することを勧め、晴香は受験する意思を示していた。

天沢は慌てて由加里の身体を押しのける。しかし時は既に遅く、晴香がぎこちない笑顔で言った。

「ここに置いておきますね。――では、失礼します」

「待っ……！」

彼女が身を翻して去っていき、天沢はひどく動揺する。由加里が「やばい」という顔をして謝ってきた。

「ごめんなさい、見られちゃったわね。変な噂《うわさ》が流れなきゃいいけど」

「噂なんかどうでもいい。それより、彼女に俺たちがおかしな関係だと誤解されるほうが困る」

「えっ?」

「――つきあっている相手なんだ、俺の」

こうしてはいられない。今すぐ晴香を追いかけ、由加里との関係を説明するべきだ。

そう決意した天沢は、立ち上がる。そして大股で部屋を出て、廊下へと踏み出した。

第9章

ドクドクと、心臓が鳴っている。廊下を歩く晴香は、たった今目にした光景が信じられなかった。

(何で……伊織さん、あの人とどういう関係なの?)

天沢と一緒にいた三十歳前後とみられる女性は、書道教室の最中に母屋のほうから現れた。

彼女はひどく親しげにしていた彼女は、教室の見学をすることを申し出、受講者たちと和《わ》気藹々《きあいあい》と話していた。一体どういう素性の人間なのかが気になったものの、晴香はあえてそちらを見ないようにしていた。

しかし先ほど控室から漏れ聞こえてきた二人の会話は、晴香にとって思いもよらないものだった。

(初めてのキスの相手だって……あの人は言ってた。それに伊織さんに、後ろから抱きついてたし)

天沢は晴香と交際を始める際、「この年齢まで、女性とつきあったことがない」と話していた。実際に彼はとても初心で、初めは手を握るだけでも顔を赤くしていたのに、先ほどの女性と親密にしていたのはなぜなのか。

（もしかして……嘘《うそ》だった？　あの人は前の彼女とかで、それで――）

足早に廊下を歩き、玄関に出る。

いつもならすぐ帰っていくはずの受講生たちが靴箱の前でざわついているのが見え、晴香はふと戸惑いをおぼえた。年配の女性たちが顔を見合わせ、口々に話している。

「ひどいことするわねえ」

「誰の靴なのかしら、これ。先生を呼んだほうがいいんじゃない？」

漏れ聞こえる会話の内容は、不穏なものだ。何となく胸騒ぎを感じながら、晴香は「すみません」と人を掻《か》き分けて自分の靴を取ろうとする。

しかし予想外の状態に息をのみ、足を止めた。

「何、これ……」

――晴香の靴に、真っ黒な墨液が掛けられている。

靴から溢《あふ》れ出た墨液は、棚板にまで滴って周囲を黒く染めていた。他の受講者たちの靴は無事で、自分のものだけが被害に遭ったのだとわかる。

そのとき背後から、若い女性たちの声が響いた。

「えー、どうしたの、これー」

「掛けられてるのって、墨？　わあ、真っ黒」

振り返ったところに立っているのは、江本と木下、そして野村だ。彼女たちは晴香の身体越しに靴箱を覗《のぞ》き込み、大仰なまでに心配そうな口調で言った。

「もしかしてその靴、小野さんの？　かわいそう」

「どうやって帰るの？　ひどいことする人がいるねー」

どこか白々しさが漂う慰めの言葉に、晴香は無言でぐっと拳を握る。

彼女たちがやったことだという確信が、晴香の中にはあった。これだけたくさんの靴がある中、自分のものにだけ墨液を掛けられている。三人はたった今来たような口ぶりだが、先ほどまで稽古中だったため、彼女たちが無人の玄関で何かしたとしても誰にもわからない。

（わたしがいつもこの位置に靴を置いてるの……きっと江本さんたちは、わかってたんだ。わざわざ演技までして、皆の前でこれを見せつけて）

青ざめた顔で立ち尽くす晴香を見つめ、野村が笑う。彼女は聞いてもいないことをペラペラと喋《しゃべ》り出した。

「私たち、昇級試験の申込用紙を提出しに来たんだ。もう少し早く来てたら、小野さんの靴に悪戯した犯人がわかったかもしれないのに。役に立てなくてごめんね」

「映美、あい、先に書類出してこようよー」

「あ、そうだね」

江本の呼びかけで三人は靴を脱ぎ、廊下に向かおうとする。

最後まで晴香の傍にいた野村もその場に身を屈め、靴を脱いだ。彼女は立ち上がり様にごく自然な形でこちらに身体を寄せ、口元に笑いを浮かべて、誰にも聞こえないくらいの小さな声でささやく。

「――いい気味」

「……っ」

カッと頭に血が上った晴香は、一瞬彼女の腕をつかみたい衝動にかられた。

しかしそれを凌駕《りょうが》する惨めさがこみ上げ、動くことができない。そんな晴香を横目に、三人は満足げに笑って廊下の奥に進んでいこうとする。

そのとき彼女たちの行く手を阻むように目の前に立ったのが、天沢だった。

「あ、瑛雪先生、こんばんは」

「私たち、昇級試験の申込書を持ってきたんです」

笑顔で華やいだ声を上げる三人を見下ろす彼の眼差しは、冷ややかだ。天沢が低く言った。

「――小野さんの靴に悪戯をしたのは、あなたたち三人ではないですか？　野村さん、木下さん、江本さん」

彼の断定口調に、はしゃいでいた三人がふと笑いを収束させる。彼女たちはあからさまな不満顔になり、口々に反論を始めた。

「ひどーい、そんなこと言うなんて」

「私たち、何もしてないですよ？　たった今来たところですし」

「だいたい小野さんとはお友達なんだから、あんな悪戯するわけないじゃないですか」

玄関に残っていた受講者たちは、事の成り行きを困惑気味に見守っている。

晴香は三人がやったことだと確信していたが、それを裏づけるだけの証拠がないのはわかっていた。

（この人たちは……確実に言い逃れできる自信があるから、こんなことをしてるんだ。だって実際に犯行を目撃した人は、誰もいないんだもの）

すると天沢が、予想外のことを言った。

「そうですか。では、防犯カメラを確認してみましょうか」

「えっ？」

「ここは不特定多数の人間が出入りするため、防犯カメラを設置してるんです。美観を損ねないように目立たない位置にあるので、ほとんどの方は気づかれていないと思いますが」

彼の発言を聞いた三人が顔を見合わせ、にわかに落ち着きを失くす。天沢が淡々と言葉を続けた。

「お金を出して通ってくださっている受講者さんの私物に悪戯されたのですから、当教室としても黙っているわけにはいきません。犯人をきちんと捕まえてもらうため、警察を呼んだほうがいいかもしれませんね」

「け、警察？」

「そんなに大袈裟《おおげさ》にしなくてもいいじゃないですか。こんなの、ただの悪ふざけなのに」

焦りをにじませた野村の発言を聞き咎《とが》め、彼が「悪ふざけ？」とつぶやく。

「では、野村さんは認めるんですね。小野さんの靴に悪戯をしたのが自分たちだと」

「……っ」

「子どもがやるならいざ知らず、大の大人がこんなことをして〝悪ふざけ〟で済むと思うなら、相当常識が欠如していると言わざるを得ない。この際だから言いますが、あなた方三人はこれ以外にも嫌がらせをしているのではないですか？　小野さんに」

晴香はドキリとして天沢を見る。

江本たちにされたことは、何も話していない。それなのになぜ彼は、すべてを知っているような口ぶりで話しているのだろう。

木下が口元を歪《ゆが》め、引き攣《つ》った笑いを浮かべながら言った。

「何を言ってるのか……全然わかりません。だいたい証拠もないのにそんな発言するの、言いがかりじゃないですか。いくら瑛雪先生でも、ひどいです」

「そうですか？　ＳＮＳやＷｅｂサイトが完全な匿名ではないのは、もう常識だと思いますが。どちらにせよ既に警察が動いているそうなので、いずれ真偽がはっきりするでしょうね」

〝既に警察が動いている〟という発言に、三人が目に見えて青ざめる。彼女たちは一斉にこちらを振り向き、晴香に向かって言った。

「ちょっと、どういうこと。まさかあんた、警察に何か言った？」

「ふざけないでよ。こんなことぐらいで大袈裟にするなんて、頭おかしいんじゃないの？」

取り繕うのを忘れて騒ぎ出す彼女たちから晴香を守るように、天沢がはっきりと告げた。

「後ろ暗いことがなければ、堂々としていればいい話です。おそらくあなた方の動機は僕と小野さんの関係なのでしょうが、彼女は僕の一番大切な女性です。傷つける人間には断固とした対応を取りますので、覚悟してください」

晴香は息をのんで彼を見つめる。天沢は後ろをチラリと見て呼びかけた。

「翠心先生、警察に電話をしてください。そして悪質な迷惑行為をした人間が三人いると、伝えていただけますか」

「わ、わかったわ」

騒ぎを聞いて駆けつけていた翠心が、帯の間に挟んでいた自身のスマートフォンを取り出し、慌てて奥へ引っ込んでいく。

それから無理やり帰ろうとする三人を受講者たちが押し留めたり、天沢が晴香を教室に緊急避難させたり、パトカーが二台来たりと、周囲は物々しい雰囲気になった。

晴香はやって来た警官に、今日の昼間に被害届を出したこと、今までの被害の状況、そして先ほどの経緯を説明する。天沢も防犯カメラの映像の提供や調書の作成に協力し、一方の翠心は八時からの受講者に臨時休講を説明したり、残っていた受講者たちに丁重に礼を言って帰ってもらったりと、忙しくしていた。

やがて一時間ほどが経ち、三人を乗せたパトカーが天沢家の敷地を出ていく。残された晴香と天沢、そして翠心は、ため息をついた。

「とんでもない騒ぎになったものねえ。明日はご近所さんから、きっと質問の嵐よ」

「す、すみません。わたしのせいで、ご迷惑をおかけして」

慌てて頭を下げる晴香に、翠心が笑う。

「あら、小野さんに怒ったんじゃないのよ。悪いのは、あの子たち。勝手な逆恨みで人に意地悪をするような人間は、罰が当たって当然なの。子どもじゃないんだから、ちゃんと自分の行動の責任は取らなきゃね」

着物姿の彼女が伸びをし、天沢に向かって告げる。

「さて、私はお母さんに事情を説明してから帰るわ。あなたは小野さんのお家まで、車で送ってあげて。靴がないと不便でしょ」

「ああ」

彼は晴香を見つめ、抑えた口調で言った。

「とりあえず、ここにあるスリッパを履いてくれ。車で送っていく」

「でも……」

「話したいことがある。――ちゃんと全部、説明するから」

天沢が和服のまま車を出し、晴香は助手席に乗り込む。

ひどく落ち着かない気持ちだった。なし崩しのような形で江本たち三人は連行されていったものの、晴香は天沢と例の女性の関係について何も説明されていない。

（ううん、それだけじゃない。伊織さんが事情を知っていたことについても――たぶん教えたのは、一人しかいないけど）

そんな考えを裏づけるように、彼が運転しながら言う。

「弟さんに連絡を入れたらどうかな。きっと心配してるし、あの三人についても説明したほうがいいと思う」

「あ、はい」

勧められるまま、晴香はスマートフォンを取り出し、奏多に電話をかける。

三コール目に出た彼は、例の三人が書道教室で騒ぎを起こし、結果的に警察に連行されたことを聞くと、明るい声を出した。

『よかったじゃん。前もって被害届を出してたおかげで、きっと今までのことも一緒に調べてもらえるだろ。天沢さんのおかげだな』

「そ、それでね。靴が駄目になっちゃったから、伊織さんに車でアパートまで送ってもらってて」

『あー、じゃあ俺、今夜は友達のとこに泊まるわ。元々飲みに誘われてたし』

「えっ？　でも」

『邪魔する気はないからさ。明日にでも、詳しいこと教えて。じゃあな』

「か、奏多？」

奏多が電話を切ってしまい、晴香はスマートフォンの画面を閉じる。天沢がチラリとこちらを見て、問いかけてきた。

「弟さん、何だって？」

「えっと、三人が捕まってよかったなって……事前に被害届を出してたのが、きっと役に立つはずだって言ってました。それから、今夜は友達のところに泊まりに行くそうです。

『邪魔する気はないから』って」

彼は軽く眉を上げ、「……そうか」とつぶやく。そして少し考えたあとで提案してきた。

「じゃあ、話すのは君の家でいいかな」

「は、はい」

自宅アパートの前で一旦晴香を下ろし、天沢は近くのパーキングに車を停めに行く。数分後に部屋までやって来た彼に、晴香はお茶を出した。

「どうぞ」

「ありがとう」

晴香はお盆を脇に置き、沈黙する。やがて顔を上げ、口を開いた。

「伊織さんに事情を伝えたのは……奏多だったんですね。一体いつ話をしたんですか？」

「今日の昼過ぎに、彼が書道教室《うち》までやってきたんだ。それで君が置かれている状況、警察に被害届を出したことまで、全部話してくれた」

　奏多は晴香が昼食に誘った際、「用事がある」と言って断ってきたが、実は天沢の元を訪れていたらしい。晴香は恐縮して謝った。

「すみません。あの子、伊織さんに失礼な言い方をしませんでしたか？　いきなり訪ねていって、お仕事の邪魔をしてしまったんじゃ――」

「ちょうど昼休憩だったから大丈夫だ。弟さんは、姉思いなんだな。君のことを本当に心配してるのが伝わってきたし、『もしあいつのことを守れないんなら、別れてやってくれませんか』って言われた」

「えっ……」

　奏多の言葉が意外で、晴香は絶句する。すると天沢がこちらを見つめ、苦笑いして言った。

「彼は今回の件の元凶である俺が、事情を知らずに蚊帳の外にいるのが許せなかったようだ。確かに言われてみれば、俺は交際相手として君にもっと気を配るべきだった。一人で悩ませてしまって、申し訳ない」

　彼が頭を下げてきて、晴香は慌てて声を上げる。

「謝らないでください。わたしが伊織さんに迷惑をかけたくない一心で、何も話さなかったのがいけないんです。奏多はずっと相談に乗ってくれていて、伊織さんにも話すべきだって言ってました。でも……わたしが一人で、意固地になっていたから」

天沢が「いや」と言い、頭を上げた。

「話してもらえて、助かった。もし事前に事情を聞かされていなければ、あの三人が騒ぎを起こしたときにも戸惑うばかりで、適切な判断ができなかっただろう。まあ、今回は彼女たちが相当迂闊《うかつ》だったから、こちらに有利に働いたみたいだけどな」

江本たちは、まさか玄関の見えない位置に防犯カメラがあるとは思いもよらなかったに違いない。

元々天沢は、先日教室から備品の墨液が一本なくなったことに気づいていたらしい。ときおり勝手に持ち帰る人間がいるために「またか」と考えていたが、どうやらそれが今回の犯行に使われたもののようだ。晴香はうつむいて言った。

「あの人たちは、わたしが伊織さんとつきあっているのが面白くなくて、ああいうことをしたみたいですけど……正直すごく、怖くなりました。知らない人がわたしの名前や顔を知っていて、性的な関係を迫ってくる。もしかしたら自宅周辺にまで来るかもしれないって思ったら……余計に」

「話してくれれば、どんなことでも力になったよ。君なりの気遣いで黙っていたのだとは思うが、自分の知らないところで晴香が傷ついたり、怖い目に遭ったりするのは嫌だ。俺が代われるものなら、全部代わってやりたい」

彼の言葉がじんわりと染みて、晴香の目に涙が浮かぶ。

今まで感じていた心細さ、そして自分だけでは対応しきれずに結局周囲を巻き込んでしまった申し訳なさが募り、胸が締めつけられる思いがした。

　そんな考えが伝わったのか、彼が断固とした口調で言う。

「もし今回の件で俺や教室に迷惑をかけたと考えているなら、まったくの筋違いだ。彼女たちがうちの教室の受講者で、建物の中で事件が起きた以上、責任者である俺が対応するのは当然だし、姉も気にしていない」

「………」

「それ以前に俺は、君の恋人だから。守るのは当たり前だと思ってる」

　天沢の言葉が、じんと胸に染み入る。

　彼の気持ちをうれしく思う一方、晴香の脳裏には天沢が見知らぬ女性と親密にしていた光景が貼り付いて離れなかった。すると彼が、表情を改めて言った。

「君が一番気にしているであろう話を、説明させてほしい。今日の稽古を見学していた女性についてだ」

　ドキリと心臓が跳ね、晴香は膝の上で拳をぎゅっと握りしめる。ひどく緊張し、胃が引き絞られるような感覚をおぼえていると、天沢が説明した。

「彼女は藤崎由加里といって、俺の伯父の娘だ。年齢は二歳上になる」

「………」

「普段はアメリカで研究職をしていて、今回は学会で日本に来たらしい。俺の姉たちと実の姉妹みたいに仲が良く、昔から家族同然に家に出入りしてる」

そこで彼は少し口ごもり、歯切れ悪く続けた。

「君が目撃したとき、彼女は俺に抱きついて『初めてのキスの相手は、自分だ』と言っていたと思うが。——それは事実だ」

「……えっ」

「ただし、したのは最近ではなく、俺が六歳のときに一度だけだ。昔から俺は、姉や由加里の恰好《かっこう》の玩具になっていた。可愛がりの延長として同意もなくされたのを、彼女たちが『ファーストキスだ』と囃《はや》し立てて今日《こんにち》まできたんだ。いわば内輪のネタで、俺は正規のものとしてまったくカウントしてない。彼女を異性として見ていないから」

晴香は唖然《あぜん》として目の前の天沢を見つめる。

控室での親密な二人の様子を見たときは、強い嫉妬の感情がこみ上げた。しかし彼らの関係が〝従姉弟〟で、抱きついていたのが家族間のじゃれ合いだと思えば、納得がいく気がする。天沢が言葉を続けた。

「ちなみに由加里は結婚していて、アメリカに夫と子どもがいる。つまりは彼女のほうも、俺を男として意識はしてないっていうことだ。だからといって所構わず従弟にベタベタしていいわけではないし、本人もその点は反省していた」

無言の晴香が怒っていると思ったのか、彼はどこか焦りをにじませながらこちらを見つめる。

「だがあれを見た君は、ひどく不快だったと思う。由加里に限らず、異性とは今後一切ああいう接触をする気はない。だからどうか、許してもらえないか」

普段は冷静な天沢の必死の表情を見た晴香の中に、面映ゆい気持ちがこみ上げる。彼がこれほどまでに言葉を尽くして自分を繋《つな》ぎ止めたいのだと思うと、胸がいっぱいになった。

小さく息をついた晴香は、天沢に向かって告げた。

「——許します。伊織さんは嘘をつくような人じゃないって、わかってますから」

「……晴香」

「その人と一緒にいる姿を見て、嫉妬しなかったと言ったら嘘になります。でも今の説明で納得いきましたし、六歳のときのことに目くじら立てたって、仕方ないですよね」

晴香の言葉に、彼が安堵《あんど》の表情を見せる。しかしすぐに目を伏せ、ボソリと言った。

「実はもうひとつ、君に謝らなければならないことがある」

「何ですか？」

「ここ最近、君が俺の目の前でスマートフォンを見ようとしないことで、俺は『浮気をしてるんじゃないか』という疑いを抱いていた。昨夜アパートまで送っていったときに家に上がるのを断られたことや、部屋にいる弟さんの姿を目撃して、もう確定事項だとすら考えていたんだ。でもそれは、今まで君が俺に伝えてくれていた気持ちや行動を、すべて否定するものだと思う。……本当に申し訳なかった」

晴香は何ともいえない気持ちで、天沢を見つめる。

今回の自分の行動を思えば、彼が疑いを抱くのは当然だ。ましてやアパートにいる男の姿を見かけたら、浮気相手だと考えるのが自然だろう。

（伊織さんがわたしを疑ったことなんか、黙ってればわからないのに。……いちいち謝まってくるところが、この人の誠実なところなんだろうな）

才能があって容姿にも恵まれているのに、天沢は真面目すぎるほど真面目で不器用だ。そんな彼を晴香はとてもいとおしく感じ、改めて「好きになってよかった」と思う。晴香は腕を伸ばし、天沢の手を握って言った。

「伊織さんがそんなふうに思ってしまったのは、わたしのせいです。だからどうか、謝らないでください」

「……でも」

「今回のトラブルの件で、わたしが伊織さんに迷惑をかけたくないって思ったのは事実です。でも、こんなおかしなことに巻き込まれる人間に伊織さんは呆《あき》れるんじゃないか、嫌になるんじゃないかって考えて、それで隠したかった部分もあったように思います。……馬鹿みたいですよね」

これほど心配してくれるなら、むしろ彼に相談するべきだった。もっと天沢を信じるべきだったのだと考え、晴香の中に申し訳なさが募る。

晴香は彼の手を握る力を強くして言った。

「これからは自分の中だけに留めず、何でも伊織さんに相談します。でもそれは一方的に寄りかかるためじゃなくて、お互いの信頼関係のためにです。だから、許してくれますか？」

天沢がムッと眉をひそめ、こちらを見た。

「何で君が謝るんだ。俺に頼りがいがないせいなのに」

「そんなことないです。だってわたしを庇《かば》って、あの三人にちゃんと言い返してくれたじゃないですか。『彼女は僕の一番大切な女性で、傷つける人間には断固とした対応を取る』って大勢の前で言ってくれたの、すごくうれしかったです」

晴香の言葉に、彼がじんわりと頬を染める。そしてボソリと答えた。

「それは……嘘じゃない。大声で吹聴することじゃないから今まで黙っていたが、俺が君を大切に思っているのは、事実だから」

「わたしも同じ気持ちです。そうやってきちんと態度で示してくれるから安心できるし、伊織さんが好きなんです。今回はわたしの判断が間違っていてぎくしゃくしてしまいましたけど、お互いを大切にしたい想いがあるなら、これからも一緒にいられるって思いませんか？」

天沢がこちらの目を見て、力強く答えた。

「ああ、もちろんだ」

「じゃあ、謝るのはもうなしにしましょう。せっかく全部すっきりしたんですから」

晴香が笑顔を向けると、彼もわずかに表情を緩める。ようやく重苦しい話が終わったことにホッとしていると、天沢がふいに付け足した。

「今までの話でも何となくわかっただろうが、俺の家族はかなり過干渉だ。母親と姉二人、ついでにいうと由加里も、何かと俺のプライベートに踏み込みたがる。君はそういうことに、引いたりはしないか？　おそらく世間的に見たら、俺は末っ子長男で面倒なポジションだ」

晴香はきょとんとして彼を見つめる。そして考えながら答えた。

「えっと……うちの家族もそこそこ仲が良いですし、特に奏多は何かとわたしの世話を焼いてくるので、それほどおかしいとは思いません。わたしが知っている伊織さんのご家族は翠心先生だけですけど、すごく素敵な方ですから、他の方たちとも機会があれば仲良くしたいなって思ってます」

「……そうか」

天沢が息をつき、安堵の表情で言った。

「もちろん俺は彼女たちの干渉を跳ねのけるつもりだから、安心してくれ。ただ今後のことを考えると、多少の心づもりはしていてくれたほうがいいかと思ったんだ」

確かに先ほど公言したことで、翠心には天沢の交際相手が晴香だとばれてしまっている。

彼がぐいと身体を引き寄せてきて、晴香は膝立ちの状態で抱きしめられた。腕にぎゅっと力を込めた天沢が、耳元でささやく。

「こうして君が腕の中にいるのが、信じられない。……今日の朝なんか、絶望的な気分だったのに」

「たとえわたしと別れたとしても、伊織さんならきっと引く手あまたですよ。イケメン書道家として、あちこちでもてはやされてるんですから」

「俺は晴香しかいらない。他の女にもてたところで、それに何の意味があるんだ。君以外に興味なんてないのに」

情熱的な言葉に、胸がじんとする。晴香は彼の背中に腕を回して、その身体を抱きしめた。だがふと我に返り、慌てて離れようとする。

「どうした?」

「伊織さん、着物じゃないですか。わたしが顔をくっつけて、ファンデーションで汚れたりしたら大変です」

着物の値段はまったくわからないが、決して安くはないはずだ。すると天沢が、あっさり答えた。

「クリーニングに出すから、気にするな。稽古中に墨が飛ぶこともあるし、汚れるのは全然珍しくない」

「でも……っ」

再び身体を引き寄せられ、晴香はドキリとする。なおも抵抗しようと顔を上げた瞬間、唇を塞がれた。

「ん……っ」

舌が口腔《こうこう》に押し入ってきて、くぐもった声が漏れる。

ぬめる舌が絡みつき、ザラリとした表面を擦り合わせる感触は、たやすく晴香の体温を上げた。しばらく抗えずに貪られたあと、蒸れた息を吐いてうっすらと目を開ける。

間近で天沢の視線に合い、心臓が跳ねた。

「ぁ、……」

抱きしめる腕に力を込めながら再び深く嚙《か》み合わせられて、もう何も考えられなくなった。

もっと彼の体温を感じたくて、たまらない。思い切って自分から天沢の舌を舐《な》めた途端、ますます熱心に口づけられて、いつまでもキスが終わらなかった。

「はぁっ……」

ようやく唇を離したときは、息がすっかり上がっている。彼が欲情をにじませた視線でこちらを見下ろし、ささやいた。

「抱きたい。――いいか？」

頷《うなず》いた途端、立ち上がった天沢が晴香の手を引いて、寝室に向かう。薄暗い部屋の中、彼はベッドに押し倒してきた。

「あ……っ」

着物姿の彼に押し倒されるのは初めてで、いつもと違う雰囲気にドキドキしてしまう。長着が皺《しわ》にならないのかということが気になったが、天沢の手が胸に触れてきて、すぐに余裕がなくなった。

大きな手でふくらみをつかまれ、揉《も》みしだかれる。そうしながらも、彼の唇がこめかみや耳元、首筋をなぞり、晴香は甘い息を吐いた。それに刺激されたように、天沢が服の上から胸の先端を噛んでくる。カットソーとブラ越しのために痛みはないものの、唾液でじんわりと湿っていく布地がひどく淫靡《いんび》だ。

早く彼の素肌を感じたくてたまらなくなった晴香は、上擦った声で言った。

「伊織さん……わたしが伊織さんの着物を脱がせてもいいですか？」

「それは、構わないが」

体勢を変え、晴香は天沢の身体をベッドに横たえる。彼の腰を跨《また》ぐ形になったものの、すぐに戸惑って問いかけた。

「えっと、何をどうすればいいんでしょう」

「そんなに複雑なものじゃない。まずは帯を解いて」

「は、はい」

今日の天沢は、白地に紫の乱菊をあしらった紗《しゃ》の小紋を着ている。まずは胴回りに腕を回し、帯の結び目を解いた。

長着をはだけた下は、紺色の衿《えり》が付いた駒絽《こまろ》の長襦袢《ながじゅばん》だ。腰紐《こしひも》を解くとさらにその下にはTシャツを着ていて、晴香は妙に感心してつぶやく。

「暑いのに、こんなに重ね着してるんですね」

「浴衣なら長襦袢なしで着れるが、着物はどうしても重ねなきゃならないからな。これでも麻や紗、絽などの薄手の生地をチョイスして、涼しくしてるんだ」

「そうなんですか」

これほど何枚も重ね着をしながらも、いつも涼しげな顔を崩さないのはさすがの一言だ。

晴香は彼のTシャツの下に、手を忍ばせる。引き締まって無駄のない腹筋の感触に胸が高鳴り、つい撫《な》で回していると、天沢が噴き出して言った。

「ごめん、それはちょっとくすぐったい」

「す、すみません。あっ、着物、脱いでハンガーに掛けたほうがいいですか？　皺になったりしたら――」

「いや、いい」

ふいに腕を引かれ、晴香は彼の身体の上に倒れ込む。

胸で天沢の顔を押し潰す形になってしまい、焦って身体を起こしたものの、それより早く彼のもう片方の手がブラのホックを外した。そしてカップをずらし、零れ出たふくらみの先端を口に含んでくる。

「あ……っ」

強く吸われた瞬間、じんとした愉悦がこみ上げて、晴香は声を上げた。

乳暈《にゅううん》を舐められ、芯を持った先端に軽く歯を立てられるのは、どちらもゾクゾクして落ち着かない。左右を交互に嬲《なぶ》られて息を乱した晴香を見つめつつ、天沢がスカートを捲《めく》り上げてくる。

「ぁ……っ！」

下着の中に入り込んだ手が、花弁を開いた。まだ触れられていなかったそこは、既に熱い蜜を零している。

天沢の指が蜜口から押し入ってきて、晴香は異物感に「んっ」と呻《うめ》いた。しかし指を動かされるうちにじわじわと快感がこみ上げ、声が出る。

「んっ……ぁ、は……っ」

「すごいな、中がもうトロトロだ。音が聞こえるか？　……ほら」

「や……っ」

ことさら音を立てて指を動かされ、晴香は彼の二の腕を強くつかむ。掻き回されるのが嫌で必死に力を込めるが、いやらしい音は一向に収まらない。

ゴツゴツと硬く長い指がぬめる柔襞《やわひだ》を捏《こ》ね回す感触は、恥ずかしいのに確かに快感があり、晴香の理性を溶かしていく。わななく襞を掻き分けた指が感じやすいところを的確に抉《えぐ》って、晴香は高い声を上げた。

そして天沢の肩口にしがみつき、切羽詰まった喘《あえ》ぎを漏らす。

「……はっ……ぁ、……も、……っ……」

（駄目……きちゃう……っ）

甘ったるい快感が身体の奥でわだかまり、次第に濃度を増す。指を受け入れたところからは聞くに堪えない淫らな水音がひっきりなしに響いていて、やがてひときわ深く奥を抉られた晴香は、ビクリと身体を引き攣らせて達した。

「あ……っ！」

隘路《あいろ》が収縮し、中の指をきつく締めつける。頭が真っ白になるほどの快感が弾けたあと、身体が徐々に弛緩《しかん》していくのを感じながら、晴香はぐったりとシーツに横たわった。

「はぁっ……」

晴香の体内から、天沢の指がようやく引き抜かれていく。彼はこちらの衣服に手をかけて脱がせてきたが、晴香はまったく抵抗できなかった。

やがて天沢が自分の長着の袂《たもと》からカードケースを取り出して、晴香はふと目を瞠《みは》った。

（あ、……）

天沢がそこから避妊具を取り出し、自身に装着する。そして長着と長襦袢を暑そうに脱ぎ捨て、頭からTシャツを抜き取ると、晴香の身体を裏返し、背中に覆い被さってきた。

「……んっ」

膝立ちの腰を高く上げた状態で、薄い膜を被った屹立《きつりつ》が後ろから花弁に擦りつけられる。その熱さと硬さにドキリとし、ずっしりとした質量にかすかな怯《おび》えを感じて視線を向けると、押し殺した欲情をたたえた彼と目が合った。

やがて切っ先が蜜口を捉え、体内に押し入ってきた。

「んんっ……」

中に埋められていく硬さ、その大きさに、晴香は呻きを漏らす。

太い幹が隘路を拡げ、正面で抱き合うときより深く奥まで入り込んできて、ゾクゾクとした感覚が背すじを駆け上がった。埋められる大きさが怖いくらいなのに、確かに快感がある。浅い呼吸を繰り返す晴香に、彼が問いかけてきた。

「……苦しいか？」

「……っ」

圧迫感はあるが痛みはなく、晴香は首を横に振る。天沢が押し殺した声で言った。

「——動くぞ」

彼はこちらを気遣うような緩やかな律動から、徐々に動きを激しくしてくる。

挿れられたものは大きく、奥を突かれると意図せずに切羽詰まった声が漏れた。先ほどより潤みを増した襞が断続的に屹立を締めつけ、晴香の腰をつかんだ天沢が心地よさそうな息を吐く。そして背後から覆い被さり、胸のふくらみを包み込んできた。

「あ……っ」

体内に挿れられるものの角度が変わり、同時に胸を鷲《わし》づかみにして揉まれて、呼吸が乱れる。

しばらく弾力を愉しんでいた天沢が、先端をいじってきた。途端にじんとした疼痛《とうつう》が走り、そこが芯を持って硬くなる。同時に体内の剛直を、きゅんと締めつけてしまった。

「……っ」

締めつけに興奮したらしい彼が、動きを激しくしてくる。

腰を打ちつけ、奥深くまで貫きながらときおり胸の尖《とが》りを強く引っ張られると、痛みと紙一重の快感に目に涙がにじんだ。天沢の片方の腕が胴に回り、身体を密着して抱き込んでくる。何度も中を穿《うが》たれ、剛直の先端で最奥を抉られる感覚に、晴香は息が止まりそうなほどの快感を味わった。

「あ……っ……んっ、……あ……っ」

突き上げる動きを止めないまま、彼が首筋に唇を這《は》わせてくる。荒い息を吐きながら肌を舐められるのは官能を煽《あお》り、晴香は愉悦を押し殺した。

「……っ、達っていいか？」

無言で何度も頷くと、天沢がさらに律動を激しくしてきて、晴香は声を上げる。

ぬかるんだ隘路を掻き回され、中を穿つ動きにただ揺さぶられることしかできなかった。やがて彼が根元まで自身をねじ込み、ぐっと息を詰める。

「……っ」

最奥で熱を放たれたのがわかって、晴香は喘いだ。欲情をすべて吐き出した天沢が深く息をつき、脱力しつつ後ろから覆い被さってくる。

その肌は熱を持って汗ばんでいて、うなじに掛かる彼の髪がくすぐったい。荒い呼吸音を聞きながらしばらくその重みに耐えていた晴香は、おずおずとつぶやいた。

「い、伊織さん、重いです……」

「ああ、悪い」

身体を起こした天沢が、晴香の体内から萎えた昂《たか》ぶりを引き抜く。

晴香はぐったりとベッドに横たわった。ぼんやりと彼を見つめると、天沢は汗で濡《ぬ》れた髪を鬱陶しそうに掻き上げ、ティッシュで自身の後始末をしている。その姿にはどこか気だるい色気が漂い、見ているうちに胸がきゅうっとした。

（伊織さんがこのあいだまで童貞だったなんて、嘘みたい。……どんどん上手になっていくし、色気がすごいし）

天沢がベッドに寝転がりつつ、晴香の身体を抱き込んでくる。そして心配そうに問いかけてきた。

「どうした？　もしかして俺のやり方がまずかったせいで、どこか痛くしたんじゃ」

「そんなことありません。……伊織さん、どんどんするのが上手になっていくなーって思って」

晴香の言葉を聞いた彼は一瞬何ともいえない表情になり、歯切れ悪く答える。

「別に……そんなことはないだろう。したいようにしているだけなんだから、技巧なんてない」

「きっと生まれつき器用なんでしょうね。字もきれいですし、運動神経も良さそうですし」

「字のきれいさは関係なくないか？」

晴香は笑いながら天沢を見つめ、しみじみと告げる。

「わたし——初めての彼氏が伊織さんで、よかったです。最初に言ってくれましたよね？

『互いに経験のない者同士であれば、気負わずリラックスしてつきあえるんじゃないか』って。実際そのとおりでしたし、伊織さんといるとすごく安心できます。何ていうか、背伸びしなくてもいいんだなって思えて」

「それは、俺も同じだ。君の前では取り繕わずに済むし、リラックスできる。きっと他の女性が相手だったら、こんなふうにはいかなかっただろう」

彼は表情を改め、晴香の乱れた髪を撫でる。そして真摯な口調で言った。

「もし今日みたいな事件がまた起きるようなことがあったら、俺は全力で君を守る。それだけじゃない、家族から余計な横槍《よこやり》が入れられるような事態にも、きっぱり対処するつもりだ。だからこれからも一緒にいてくれないか」

天沢のまっすぐな想いが伝わってきて、晴香の胸がじんとする。

初めて出会ったときから、彼は一貫して誠実でいてくれた。そんな態度を目の当たりにするうち、自分も天沢に釣り合う人間になりたいと思い、少しずつ意識が変わってきた気がする。

(卑屈になるのは、もうやめよう。この人はこんなにもわたしを想ってくれていて、それはきっとずっと変わらない。今回はわたしが伊織さんや奏多に迷惑をかけてしまったけど、もしまたこんなことが起きたときは自分ではっきりと相手に言い返せるくらい、強くなれたらいいいな)

晴香は目の前の天沢の胸に、ぎゅっと抱きつく。そして彼の匂いを胸いっぱいに吸い込みながら言った。

「わたし——伊織さんが好きです」

「……晴香」

「伊織さんの書道家としてすごいところも、真面目な性格も、真っすぐにわたしだけを想ってくれるところも、全部好きです。わたしはこれといって取り柄のない人間ですけど、伊織さんを想う気持ちだけは誰にも負けません。——だからこれからも、よろしくお願いします」

エピローグ

月初に続いた厳しい暑さが一段落し、お盆中盤の今日は気温が二十五度と過ごしやすくなっている。街中はいつもどおりにぎわっていて、観光客の姿も多く見られた。午後二時、買い物が一段落した晴香は、ベンチに座って行き交う人々を眺める。

（お盆休みなだけあって、旅行で来てる人が多いのかな。いいなあ……）

旅行といえば先月に天沢とO市に行ったばかりだが、あれからかなりの時間が経ったような錯覚にとらわれる。

それはやはり、例のトラブルのせいでバタバタしていたからかもしれない。書道教室で騒ぎを起こして連行された三人は、警察署でも往生際の悪い態度を取り続けていたらしい。

しかし晴香が被害届を取り下げなければ起訴されて前科がつくのを知り、翌日には親が慌てて連絡を寄越してきた。「是が非でも会っていただきたい」と懇願され、晴香は天沢書道教室の一室を借りて、天沢と奏多の同席の上で彼らと面談した。

『娘がやったことにつきましては、深くお詫《わ》びいたします。本当に申し訳ございませんでした。慰謝料をお支払いいたしますので、どうか被害届を取り下げていただけないでしょうか』

江本たちの両親は、警察で「このままでは起訴され、有罪になる」と言われたらしく、今後結婚などに差し支えると思い至り、どうにか示談に持ち込みたいと考えたようだ。

しかし必死な様子の両親とは裏腹に、当の本人らは不貞腐れた顔をしていて、謝罪に納得していないのがありありとわかった。それを見ていた奏多が静かな怒りを滾《たぎ》らせ、晴香に向かって言った。

『当の本人たちに反省の色がないんだから、話を聞くだけ時間の無駄なんじゃない？　いい歳して親に尻拭いしてもらうのも、おかしな話だしさ。三人の顔見ろよ、全然謝る気ないじゃん』

奏多の言葉を聞いた江本たちがムッとした表情になり、何かを言いかける。野村の父親が慌てて「馬鹿っ、ちゃんと頭を下げなさい！」と言って無理やり娘の頭を押さえつけていたものの、晴香は彼女たちに向かって告げた。

『――今回のことは理不尽極まりない話で、わたしは江本さんたちからされたことに対して、ひとつも納得はしておりません。あなたたちからしたら、ファンである天沢さんとおつきあいをしているわたしの存在は、許せないものだったのかもしれない。でも、だからといって勝手に個人情報を出会い系サイトに掲載したり、モザイクなしの顔写真をアップしたり、ＳＮＳで罵詈雑言《ばりぞうごん》を吐き散らすのは、明らかにやりすぎです』

『…………』

『今回はたまたま江本さんたちの妬みがわたしに向かう形になりましたけど、もしそれが天沢さんに向けられた場合、彼の仕事に多大な影響を及ぼした可能性があります。天沢さんは書道家として、これからもっともっと活躍する人です。そんな彼に危害が及んだとしたら、わたしは自分に向けられた以上に、あなた方を許せなかったに違いありません』

『そんなこと……してないじゃない。瑛雪先生には、私たちは何も』

モゴモゴと反論する木下に、天沢が切り込むように問いかけた。

『しなかったと言い切れますか？　ごく些末《さまつ》な動機で小野さんを傷つけることができたあなた方に、そんな理性や常識があったとでも？　僕はそうは思いません。たとえ今回被害に遭われたのが小野さんではなかったとしても、当教室の受講者さんに危害を加えたあなた方は、僕からしたら充分に許しがたい存在です』

はっきりとした彼の言葉に、三人がきまり悪げに押し黙った。天沢は彼女たちとその親を見つめ、辛辣に言い放った。

『出会い系サイトに小野さんの個人情報を載せた行為は、非常に悪質です。万が一彼女が見知らぬ男に暴行されでもしたら、一体どうするつもりだったのですか？　親御さんたちは我が子可愛さにこうしてお詫びに訪れたのだと思いますが、小野さんもご両親に大切に育てられた女性です。立場を逆にして考えてみれば、「示談に応じてくれ」と大勢で押しかけることがどれだけ身勝手で腹立たしいことか、容易に想像がつくのではないですか』

恥じ入った様子を見せた彼らは、それでも平身低頭で「お怒りはごもっともだが、何とか……」と懇願してきたが、やがて諦めて帰っていった。

三人のこれからを考えると多少気の毒に思う部分があるものの、その犯行の悪質さ、そして「被害届を取り下げることは、彼女たちのためにならない」という天沢と奏多の意見をもっともだと感じた晴香は、示談に応じるつもりはない。

書道教室は三人の行動が入会規約の〝禁止事項〟に抵触すると判断したため、既に退会処分にしている。天沢のアドバイスで、晴香はあちら側に「直接会って話をするのは、今後一切応じない」と伝えており、きっともう顔を合わせることはないだろう。

（一件落着……かな。あとは伊織さんが紹介してくれた弁護士さんに正式に依頼すれば、わたしは積極的に関わらなくて済む）

個人情報が掲載されていた出会い系サイトにはデータの削除依頼を出し、警察に相談済みであるのを明記したせいか、すぐに対応してもらえた。アドレスを変えて以降、卑猥《ひわい》なメールがくることはない。それに安心したらしい奏多は、昨日ようやく実家に帰っていった。

（今何時だろ。ああ、このあとのことを考えると、すごく緊張してきた……）

スマートフォンで時刻を確認していると、ふいに横から名前を呼ばれる。

「――晴香？」

「えっ、誠ちゃん？」

そこにいたのは、幼馴染《おさななじみ》の水嶋だ。彼は快活な笑顔で話しかけてきた。

「こんなところで会うなんて、すごく奇遇だな。前に会ったのは、四月の末頃だっけ。元気にしてたか？」

「……うん」

四月の末、実家に呼び出された晴香は、そこで恋人だと思っていた水嶋誠也が別の女性と婚約したことを告げられた。彼と顔を合わせるのは、あれ以来になる。

水嶋は人と待ち合わせをしているらしく、たまたま晴香の姿を見つけて声をかけてきたらしい。彼は少し歯切れ悪く言った。

「実は、ずっと気にしてたんだ。晴香のこと」

「えっ？」

「ほら、婚約について、お前に隠すような形になっちゃってたから。あれから全然連絡を寄越さなくなったし、やっぱり傷つけたのかなって」

確かに突然、水嶋から「他の女性と結婚する」と報告された晴香は、深く傷ついた。こちらから連絡を取ることはなくなり、彼も同様だったため、あれ以来すっかり疎遠になってしまっていた。だがそれは婚活を始め、書道教室に通い出して多忙になったからだ。

今の晴香には天沢という恋人がおり、水嶋にはまったく未練はない。自分の中ですっかり過去のことになっているのを自覚しながら、晴香は彼に向かって言った。

「それについては、もういいよ。全然気にしてない」

するると彼はふっと笑い、こちらの頭にポンと手を載せてくる。

「強がるなよ。晴香が僕のことを好きなのは、わかってたんだ。でも互いの実家がお向かいさんだと、下手なことをしたら家族ぐるみで気まずくなるだろう？　それはちょっとまずいかなって考えてたんだ」

「………」

「僕は里佳子と結婚するけど、晴香のことは変わらず大事に思ってる。だから前みたいに、二人で出掛けたり、食事したりできないか？　里佳子には仕事だって言っておけば、まったく問題はない」

晴香は啞然《あぜん》として水嶋を見つめる。

どうやら彼は結婚するにもかかわらず、こちらを以前と同じ〝キープ〟にしたいらしい。妻となる女性には仕事だと噓《うそ》をつくつもりだと発言するなど、むしろ前よりも悪質だ。

（誠ちゃんは……里佳子さんとつきあっていたときも、陰でわたしと会い続けてた。いわばずっと二股状態だったのを、結婚後も続けたいって言ってるってこと？）

晴香の心に、ふつふつとした怒りがこみ上げる。この期に及んでこんな申し出をしてくるのは、里佳子と自分、二人に対しての冒瀆《ぼうとく》だ。晴香は水嶋を見つめ、はっきりと言った。

「――悪いけど、それはできない。わたしには今、つきあってる人がいるから」

「つきあってる人、って……」

「誠ちゃんの今の発言は、結婚後に不倫したいって言ってるのと同じことだよ。身体の関係がないからいいんだって軽く考えてるのかもしれないけど、男女が二人きりで会えば、世間からはそういうつきあいだと見なされる。自分でもまずいってわかってるから、里佳子さんにはわたしと会うとは言わず、仕事だって嘘をつくんだよね？　それってわたしにも里佳子さんにも、すっごく失礼な話だと思わない？」

晴香の言葉を聞いた水嶋は途端に目を泳がせ、引き攣《っ》った表情で言う。

「そんな……そこまで堅苦しく考えることかな。それに晴香、つきあってる男がいるなんて嘘をつくのは、ひょっとして僕に対する当てつけなのか？　僕がずっと里佳子の存在を隠していたから、それで」

「――嘘ではありませんよ。彼女には、僕という交際相手がおりますので」

ふいに背後から声が響いて、水嶋が驚いた顔で振り向く。

そこにはスマートフォンを手にした、天沢が立っていた。晴香はベンチから立ち上がり、彼に向かって言う。

「伊織さん、遅かったですね」

「ああ、ごめん。電話がだいぶ長引いてしまったから」

晴香は今日、天沢と一緒に街中まで来ていた。「先日の書道教室での騒ぎについて、教室を運営している天沢の家族にお詫びしたい」という意志を伝えたところ、彼は晴香が謝る必要はないとしながらも家族に話をしてくれ、教室がお盆休みに入る十二日以降ならと了承を得た。

手ぶらで行くわけにはいかず、今日は天沢と待ち合わせて街中の百貨店まで手土産を買いに来たが、ちょうど買い物を終えたところで彼に仕事の電話が入ってしまった。「座って待っててくれ」と言われてベンチで時間を潰していたところに、偶然通りかかった水嶋が声をかけてきて、今に至る。

　天沢の顔を見た彼が、動揺した様子で晴香に問いかけてきた。

「晴香、この人は……」

「彼女と交際している、天沢伊織と申します。初めまして」

　晴香が口を開くより前に天沢が答え、水嶋に向かってニッコリ笑う。

「晴香の幼馴染の、水嶋さんですよね？　お噂《うわさ》はかねがね」

「あの……」

「ご婚約される前は、ずいぶんと彼女と親しくなさっていたとか。まるで恋人であるかのように二人きりで会ったり、食事をしていたと聞いています。ですがもうご結婚される身ならば、誤解を招く行動は慎むべきでは？　晴香には僕という交際相手がおりますので、どうかお気になさらず、ご自分の婚約者を大切になさってください」

　立て板に水のごとき天沢の皮肉に、水嶋はすっかり顔色を失くしている。天沢が晴香の背に手を添え、微笑んで言った。

「これから僕の家に行って、家族と会ってもらうことになっているんです。――晴香、行こうか」

「は、はい。誠ちゃん、またね」

立ち尽くす水嶋に手を振り、晴香は天沢と連れ立って歩き出す。背中に向けられている水嶋の視線を強く感じながら、彼に謝った。

「伊織さん、ごめんなさい。誠ちゃんはたまたまベンチに座ってるわたしを見つけて、それで……」

「話は途中から聞いていた。君がいつになく怒った表情で、あの男に『それは不倫と同じことだ』って言っていて、内容的に君を騙《だま》した幼馴染なんだって想像がついた」

他の女性と結婚することが決定してもなお、自分をキープにしようとした水嶋の行動に、じわじわと怒りが湧く。

しかし天沢がばっさりと彼を斬り捨ててくれたおかげで、だいぶ溜飲《りゅういん》が下がった。晴香は笑って言った。

「伊織さん、はっきり言ってくれてありがとうございました。たぶんわたしがいくら話しても、彼氏がいることは信じてもらえなかった気がするので、来てくれてよかったです」

「いや。あまりの言い様に腹が立って、だいぶ嫌味っぽい言い方になってしまった。あの男、結婚するくせに君をキープにしたいなんて、身の程知らずも甚だしい。婚約者に全部暴露してやってもいいくらいだ」

彼がこちらに対する執着心をあらわにしてくれて、晴香は面映ゆさを味わう。

その後は地下鉄に乗り、天沢の自宅に向かった。見慣れているはずの屋敷を前に、晴香はにわかに緊張をおぼえる。

（どうしよう、髪とか服装とか、おかしくないかな。手土産は伊織さんに相談して、ご家族の好きそうなものを選んだけど）

　立ちすくむ晴香を、数歩先から彼が振り返る。

「どうした？　行こう」

「あっ、はい！」

　天沢が引き戸を開け、晴香はそれに続く。途端に奥から足音が聞こえ、和服を着た五十代後半の女性が姿を現した。

「おかえりなさい。そちらのお嬢さんが？」

　彼が「ああ」と答えながら前に押し出してきて、晴香は慌てて頭を下げる。

「初めまして、小野晴香と申します。本日は書道教室にご迷惑をおかけしてしまったことの、お詫びにお伺いしました」

「まあ、可愛らしい方。私は伊織の母です、どうぞお上がりになって」

「し、失礼します」

　天沢の家に上がるのは、初めてではない。母親が旅行で不在のときに、一泊したことがある。

　長い廊下の先にある居間には、スーツ姿の女性の姿があった。彼女はこちらを見るなり、目を丸くして言う。

「伊織、その子が例の彼女なの？　可愛い子じゃない」

す。


「姉さん、ちゃんと挨拶してくれ」

「あ、そうね。伊織の姉の、瑞希です。普段は彼のマネージャーをしています」

「お、小野晴香と申します。初めまして」

事前に聞いていたとおり、瑞希はショートカットが似合うはっきりした顔の美人だった。母親の祥子が向かいに座ったタイミングで、晴香は手土産の包みをテーブルに差し出す。

「改めまして、今日は先日の書道教室での騒ぎに対するお詫びにお伺いしました。個人的な事情で大きな騒ぎになってしまい、あのあとのクラスも休講になってしまったこと、大変申し訳ありませんでした。深くお詫びいたします」

ところどころつっかえながら言い切り、頭を下げると、祥子が微笑んで言う。

「あの件に関しては、あなたのせいではないと伺っておりますよ。息子のファンだという女性たちに、逆恨みされたのよね？　小野さんにとっては災難だったでしょうけど、ちゃんと警察に対応してもらえてよかったわ。教室のことは、どうぞ気になさらないでね」

「そうよ。今日、こうしてお詫びに来るのを了承したのは、あなたに謝ってもらいたかったからじゃなくて、伊織の彼女に興味があったからなの。何しろこの子は秘密主義で、どんな人とつきあっているのか、まったく教えてくれないから」

そこで台所のほうからお茶が載ったお盆を手にした翠心が現れて、笑いながら言う。

「でも、本当に可愛いお嬢さんでしょう？　あの事件のどさくさに紛れて伊織くんの彼女が小野さんだって知ったときは、なるほどって思ったわ。こういう素直そうな雰囲気の子が好みなのねって」

翠心は晴香の前に茶托《ちゃたく》と冷茶のグラスを置き、ニッコリ笑う。

「いらっしゃい、小野さん。来てくれてうれしいわ」

「お邪魔しています、翠心先生」

見知った人物が現れたことに、晴香は少しホッとする。

今日の彼女は着物を着ておらず、清楚《せいそ》なワンピース姿だ。髪もナチュラルにまとめていて、教室で見かけるときとはまったく雰囲気が違うこと、そして天沢を〝瑛雪先生〟ではなく〝伊織くん〟と呼ぶのは、晴香にとって新鮮な驚きだった。

それから矢継ぎ早に、仕事の内容や家族構成、普段天沢とどんなつきあいをしているかなどを尋ねられる。女性三人のにぎやかさに目を白黒させていると、彼が渋面で言った。

「質問攻めもいい加減にしてくれ。彼女が困っているだろう」

「あら、どうして？　仲良くしてるだけじゃない」

「そうよ。私たち、うれしいのよ。伊織くんの彼女とこうしてお話しできて」

確かに彼女たちからは嫌な感じがまったくせず、心から自分を歓迎しているのが伝わってくる。祥子がニコニコして言った。

「伊織に恋人ができるなんて、こんなにうれしいことはないわ。あなたももう三十歳だし、いっそさっさと結婚するのはどうかしら。あ、その前に小野さんは、うちで花嫁修業をするのもいいわね。着物の着付けに、お茶や生け花なんかも」

それを聞いた天沢の頬に、じわりと朱が差す。彼はどこか憤然とした様子で答えた。

「そんなの、周りから強制されてするものじゃない。俺は半端な気持ちではつきあっていないが……晴香の都合もあるし」

全員が思わず沈黙し、天沢を見つめる。

真っ先に噴き出したのは、瑞希と翠心だった。彼女たちは楽しそうに顔を見合わせ、口々に言う。

「半端な気持ちではつきあってないんですって。やっぱりこの子、変に真面目っていうか、堅物よねえ」

「でも、いいことよ。チャラチャラいろんな子とおつきあいするより、よっぽど誠実じゃない？」

姉二人の言葉には、まったく遠慮がない。目の前で繰り広げられる会話に、晴香は
「きっと普段から、こんなふうなんだろうな」と想像する。

（お姉さんたち、伊織さんのことが可愛くて仕方がないって感じ。お母さまも含めて、すごく家族仲がいいんだ）

天沢が苦虫を嚙《か》み潰したような顔になり、立ち上がる。そして隣に座る晴香の腕をつかんで言った。

「俺の部屋に行こう。前に、祖父と父の作品を見てみたいと言っていただろう？　いくつ

か部屋にあるから」

「あ、はい」

居間から連れ出される晴香の背後で、祥子が声をかけてくる。

「小野さん、今日はうちでお夕食を食べていってね。腕によりをかけて作るわ」

「あとでまたお話ししましょうねー」

天沢に腕を引かれながら、晴香は少しだけ後ろを振り返って「はい、ありがとうございます」と答える。

階段を二階に上がっていく彼は、よく見ると耳が少し赤くなっていた。天沢のそんな様子をいとおしく思いつつ、晴香は考える。

——彼がプロポーズしてくれる日が、いつか来るのだろうか。生真面目な彼がどう結婚を申し込んでくるのかと想像するだけで、胸がじんと温かくなる。

（お母さまもお姉さんたちもすごく優しいし、本当に花嫁修業をさせてもらうのも楽しそう。……でも何よりも、わたしはこの人と一緒にいたい）

こうして何気ない時間を積み重ねて、いつかもっと幸せな形になれたらいい。

そんな幸せな想像をし、晴香は微笑むと、恋人と繋《つな》いだ手にそっと力を込めた。

番外編　堅物書道家の淫らな遊戯

　ホースから勢いよく噴き出した霧状の水が、陽光を透かしてキラキラと輝く。気温三十二度という蒸し暑さの中、周囲の樹々に跳ね返ってわずかに飛んでくる飛沫《しぶき》が心地よく、中庭に散水していた晴香は目を細めた。

　ヤマモミジとヒメシャラが大きく枝を広げ、青々とした葉を茂らせている様子は、強い日差しの下でひどく涼しげだ。ヤブランやユキノシタ、シダなどの下草が葉先から水滴を重たげに落としていて、石畳にはところどころに水溜《た》まりができている。

　そのときリビングの掃き出し窓がカラカラと開き、天沢の母親の祥子が声をかけてきた。

「晴香ちゃん、もう充分よ。暑いから早く中にお入りなさい」

「はーい」

　ホースを巻き取って定位置にしまい、晴香は額の汗を拭いながら家の中に入る。

　祥子は冷やしたおしぼり、そして氷を浮かべた水出し緑茶を用意してくれていた。彼女はそれらが載ったお盆をテーブルに置き、笑顔で言った。

「ありがとう、私の代わりに水遣りをしてくれて。晴香ちゃんはうちに来るたびにいろいろお手伝いしてくれるから、助かるわ」

緑茶にはお茶請けとして大粒の栗《くり》入り水ようかんが添えられており、晴香はありがたくいただく。そのときリビングにインターフォンが鳴り響いて、祥子が「はい」と応答したあと、こちらを向いて言った。

「じゃあ、私はもう行くわね。お土産を買ってくるから、楽しみにしててちょうだい」

「はい。どうかお気をつけて」

彼女は今日から二泊三日の予定で、友人と温泉旅行に出掛ける。外まで見送りに出た晴香は、去っていくタクシーを見つめて一息ついた。

（さてと、わたしは二階で伊織さんを待ってようかな）

恋人の天沢伊織は、晴香が十五分ほど前にこの家を訪れたときから応接間で接客中だった。姉の瑞希も同席していて、おそらく仕事の話なのだとわかる。

晴香は勝手知ったる台所で使った茶器を洗い、二階に向かった。こうして祥子から留守を任されるようになったのは、天沢と交際してもうすぐ一年になるからだ。彼の家族は晴香を温かく迎えてくれ、頻繁に食事に呼ばれるなどして交流を深めてきた。

特に母親の祥子は晴香を実の娘のように可愛がり、半年前からはお茶や生け花、着付けを教えてくれるまでになっている。晴香はそのお礼として、書道教室で使っている離れの掃除と中庭の水遣り、料理の手伝いを積極的にするようにしていた。

同僚の木村奈美からは「まるで花嫁修業だね」と言われ、面映ゆさを味わっている。

（わたしってたぶん、すごく恵まれてるんだろうな……。伊織さんのお母さんだけじゃなく、お姉さんたちにも優しくしてもらってるし）

天沢からは「過干渉な家族だ」と聞かされており、事実顔を合わせる機会はかなり多いものの、晴香は彼女たちにマイナス感情を抱いていない。むしろただの交際相手に過ぎない自分を可愛がってくれる、とても優しい人たちだと感じている。

二階に上がって天沢の私室を開けると、馴染《なじ》んだ墨の匂いが鼻腔《びくう》をくすぐった。あちこちにピンチで吊《つ》るされている作品は相変わらず端正で、晴香はしばらくそれを眺める。

今日は仕事が休みで、それに合わせて彼も午後からの教室を入れていなかった。階下の応接室で行われている打ち合わせのあとはフリーになるはずだが、何時に終わるかはわからない。

ならば、天沢が来るまで書道をしよう――そう思い立ち、晴香は準備を始める。彼とつきあい始めて天沢家に出入りするようになってからというもの、「俺の部屋のものは、何でも好きに触っていい」と言われていて、ときどき書道をさせてもらっていた。

座布団に座り、硯《すずり》で墨をすり始める。書道教室では手軽な墨液を使っている天沢だが、書道家からするとそれはインスタントに等しいらしく、この部屋には墨しかない。

書く文字は、今月の随意課題の〝清流激湍暎帯〟にした。天沢書道教室に通って一年が経つ現在、晴香は七級に昇段している。当初は未経験だったため、楷書に慣れてから行書の練習をする予定だったが、順調に進んで行書を重点的にやるまでに成長した。

お手本を見ながら書き始め、すぐに書の世界に没頭する。かつてはしんにょうや右払い、〝心〟の曲げハネで苦労していたのが嘘《うそ》のようだ。今もそれほど得意ではないものの、躊躇《ためら》わずスラスラと書けるようになったのは上達の証といっていい。

やがてどのくらいの時間が経ったのか、疲れをおぼえた晴香は筆を置き、座布団の上で脚を崩す。するとドアが開いて、部屋に天沢が入ってきた。

「すまない、待たせてしまって」

「あ、お疲れさまです。お母さま、さっきお出掛けになりましたよ」

今日の彼は、透け感が控えめな白大島に紋紗《もんしゃ》の薄羽織りを合わせた、涼しげな和服姿だ。商談のため、角帯と羽織紐《ひも》はモダンな雰囲気のものをセレクトし、きちんと感が出る大人のコーディネートにしたらしい。天沢が着物を脱ぎながら言った。

「また今日も、母さんの手伝いをしてくれてたんだろう？　ありがとう」

黒のVネックカットソーとベージュのパンツという動きやすい恰好《かっこう》に着替えながら、天沢がそう礼を述べてくる。そしてこちらの手元をチラリと見て言った。

「王羲之《おうぎし》の、〝蘭亭序《らんていじょ》〟の臨書か。晴香のレベルだと少し難易度が高いかもな」

「はい。三水《さんずい》が四つもあって、しかもそれぞれ微妙に形が違うので、書き分けが……」

「字の大きさも、普通に書いていると右下の〝激〟の右払いと、最後の〝帯〟の縦棒が入りきらなくなる。バランスを工夫しなきゃならないんだ」

パッと見ただけで注意点がわかるのは、さすがプロの書道家だ。晴香は笑顔で言った。

「よかったら伊織さんも書きませんか？　硯に墨がまだ残ってますから」

「ん？　俺はいいかな。今はそういう気分じゃない」

晴香はがっかりしながらつぶやいた。

「伊織さんに目の前で書いてもらうの、好きなのに……確かに仕事で字を書いてると、わざわざプライベートで筆を持つ気にはなれないのかもしれませんけど」

すると天沢が少し考えるそぶりを見せ、名前を書くときに使う細筆をおもむろに手に取る。そして鋒先《ほさき》に墨を含ませ始めて、晴香は目を輝かせた。

「待ってください、今新しい半紙をセットしますから……あっ！」

ふいに腕をつかまれ、むき出しの素肌に筆で字を書かれる。

彼が書いたのは、晴香がつい先ほどまで取り組んでいた〝清流激湍暎帯〟という文字だ。その書体の流麗さ、完成度の高さは見惚《みと》れるばかりだったが、それより心をざわめかせたのは肌をなぞる濡《ぬ》れた筆の感触だった。晴香は動揺を抑え、天沢に問いかける。

「……っ、何でわたしの腕に書くんですか……？」

「紙よりも、晴香の肌に書くほうが楽しそうだと思って。ほら、スルスル書ける」

彼は筆に墨を含ませ、〝暎帯左右引以〟〝天朗氣清〟〝流觴曲水〟など、蘭亭序の有名な語句を次々と書いていく。

両方の腕が文字でいっぱいになり、ストッキングを脱がせたふくらはぎや太ももにまで書かれる頃には、晴香は肌をなぞる淫靡《いんび》な感触に顔を赤らめていた。こちらの素足をつかんだ彼が、色めいた笑みを浮かべて言う。

「白い肌に墨色が映えて、すごくきれいだ。こうして書くのが癖になりそうだな」

「あっ……！」

墨が付いていない足の爪先と踝《くるぶし》に唇を這《は》わされて、床に肘をついて上体を起こした晴香は、ゾクゾクとした感覚に息を乱す。午後の日差しが燦々《さんさん》と差し込む明るい部屋の中、スカートの裾が下着の際まで捲《めく》れ上がっているのも、ひどく興奮を煽《あお》っていた。

潤んだ眼差しで天沢を見上げた途端、それまで冷静に見えていた彼がぐっと顔を歪《ゆが》める。そして文机の上に小筆を転がし、欲情を押し殺した目でこちらを見つめると、唇を寄せてきた。

「……っ、ん……っ……」

ねじ込まれてくる舌を、晴香は受け入れる。

ぬるつく粘膜を擦り合わせる感触は官能的で、すぐに体温が上がった。もう数え切れないほど抱き合っているのに、彼に熱を孕《はら》んだ眼差しで見つめられるだけで身体の奥がじんと熱くなる。天沢が自分を欲しがっているのを実感し、心が甘い充足で満たされていた。

「ぁ……待って、伊織さん……」

太ももを撫《な》で上げた手が脚の間に触れ、下着越しに秘所をなぞってきて、晴香は上擦った声を上げる。そして彼の腕を抑えながら、上気した顔で言った。

「伊織さんの服に墨が付いちゃいますから、拭かないと……っ」

「もう乾いてるから、大丈夫だ」

「そ、それに、お姉さんがまだ階下《した》にいらっしゃるんじゃ」

「いや。『子どもを習い事に送らなきゃいけない』と言って、急いで帰っていった」

晴香は焦りに駆り立てられながら、言葉を続ける。

「わたし、さっき中庭の水遣りをして、すごく汗かいちゃったんです。だから……」

あまり匂いを、嗅がないでほしい。そんな言葉を聞いた天沢が、突然晴香のこめかみをペロリと舐《な》める。そして噴き出しながら言った。

「確かに少ししょっぱいかな。でも別に汗臭くないから、気にするな」

「……っ」

再び下着越しに秘所を撫でられ、身体が震える。硬い指で強めに花弁をなぞられると、すぐに蜜口が潤み出すのを感じた。下着のクロッチの横から入り込んだ指が直接触れた瞬間、粘度のある水音が立つ。

「……っ、ん……っ……あ……っ」

ぬめる愛液を纏《まと》わせた指が、敏感な花芽を押し潰す。そうかと思うと、わざと音を立てながら蜜口をくすぐってきて、羞恥が募った。隘路《あいろ》にゆっくりと指を挿し入れつつ、彼が吐息交じりの声でささやく。

「可愛い、……晴香」

「んん……っ」

体内に指を埋めながら口づけられ、晴香はくぐもった声を漏らす。舌が絡まる一方、中を行き来する指が的確に感じる部分を刺激してきて、どんどんそこが潤んでいくのを止められない。

「……伊織、さん……」

「床は硬いから、ベッドに行こう」

体内から指を引き抜いた天沢がそんな提案をしてきて、晴香はベッドに誘《いざな》われる。まだ明るい室内で服を脱がされるのは恥ずかしく、ブラを取り去られると身の置き所のない気持ちになった。スカートも脱がされ、床に放られるのを見た晴香は、思い切って口を開く。

「伊織さん、わたしが伊織さんのを、口でしていいですか？」

晴香は起き上がり、彼に向き直ると、返事を待たずにズボンの前をくつろげる。下着を引き下ろした途端、既に昂《たか》ぶった屹立《きつりつ》が出てきた。つきあって一年も経てば、こうした行為は初めてではない。しかしその大きさと淫靡な形を見るたび、晴香はいまだに気恥ずかしさをおぼえる。

幹を握り、そっと力を込める。血管が浮いたそれは弾力がある硬さで、手のひらにじんわりと熱を伝えてきた。晴香は身を屈め、丸く張り出した先端に舌先で触れる。

「……っ」

天沢がかすかに身体を揺らし、息を詰める。

嫌悪感はまったくなく、丸い亀頭を舌でぐるりと舐めた晴香は、鈴口の部分をくすぐるように動かした。彼の手が髪に触れ、熱を孕んだ息を漏らすのが聞こえる。

「……っ……は……っ」

(伊織さんの声、すごく色っぽい。……気持ちよくなってくれてるといいな)

反応があるのをうれしく思いながら、晴香は先端を口に含む。そして歯を立てないよう気をつけつつ、鈴口やくびれ、裏筋まで丁寧に舐めた。

天沢のものは大きく、すべてを口に含むのは難しいものの、なるべく喉奥深くまでのみ込んでいく。ゆっくり出し入れし、ときおり強く吸いつく動きに、髪に触れる彼の手に力がこもった。

「……っ、晴香……」

愛撫に反応して屹立の硬度が増し、先端から先走りの液がにじみ出す。苦味のあるそれを味わいながら一心に彼のものに奉仕していると、やがて天沢が押し殺した声で言った。

「――もういい」

口の中から剛直が出ていき、唾液が透明な糸を引く。息を乱し、上気した顔の晴香の身体を引き寄せた天沢が、激しく唇を塞いできた。

「……っ、ぅ……っ」

荒っぽく舌を絡められ、晴香は彼のカットソーをぎゅっと握りしめる。天沢のものを口にした直後のキスはいつも気が引けるが、彼はまったく気にしないようだった。

ベッド脇のチェストから避妊具を取り出した天沢が、慣れた手つきでそれを装着する。

そして晴香の手を引いて身体を起こし、下着を脱がせたあと自分の膝の上に誘導した。

彼の腰に跨《またが》り、晴香は肩につかまりながら屹立を受け入れていく。硬い幹が内壁を擦る感触にゾクゾクとした感覚が背すじを駆け上がって、思わず声が漏れた。

「んっ……ぅっ、は……っ……」

内臓がせり上がるような圧迫感に、息が乱れる。しかしそれ以上に天沢と繫《つな》がれる喜びが大きく、強く彼にしがみついた。

天沢がこちらの上体を抱き寄せてきて、根元まで深く剛直が埋まる。間近で見つめる眼差しには確かに自分に対する欲情がにじんでいて、たまらなくなった晴香は彼の首に腕を回し、ささやいた。

「好き――伊織さん」

「ああ、……俺もだ」

ため息のような声で返され、その声に潜む熱っぽさに胸がじんとする。

緩やかに腰を動かすと天沢も下から突き上げてきて、反射的に中のものを強く締めつけてしまった。すると彼がかすかに顔を歪め、激しくなる律動に晴香は翻弄される。

「あっ……はっ……ぁ……っ」

気づけば互いに息を乱し、夢中で抱き合っていた。

「晴香……っ」

ひっきりなしに高い嬌声《きょうせい》が漏れ、突き上げられるたびに快感がこみ上げる。

やがてぐっと奥歯を噛《か》んだ天沢が、晴香の身体をベッドに横たえてきた。そして片方の膝をつかみ、より深い律動を送り込んでくる。

「んっ……ぁ、待っ……」

強すぎる快感に喘《あえ》ぐ晴香の上に屈み込んだ彼が、胸のふくらみをつかんで先端を舐める。律動を緩めないまま敏感な尖《とが》りを愛撫《あいぶ》され、何度も最奥を穿《うが》たれて、屹立を締めつける動きが止まらなかった。

（どうしよう……まだ明るいのに、こんな……っ）

何もかも見られているのが恥ずかしいのに、欲情もあらわな目をした天沢を前にすると、身体が熱くなる。どんな動きをされても気持ちよく、彼を受け入れたところが潤んで仕方なかった。揺さぶられて息も絶え絶えになり、涙目で見つめる晴香に彼が問いかけてくる。

「……もう達っていいか？」

無言で頷《うなず》いた途端、剛直が奥までねじ込まれて、圧迫感に息が止まりそうになった。何度も腰を打ちつけられ、身体の奥に甘ったるい愉悦がわだかまっていって、晴香は必死に彼の身体にしがみつく。

やがてひときわ深いところを抉《えぐ》られた瞬間、一気に快感が弾けて頭が真っ白になった。それと同時に天沢もかすかに顔を歪め、息を詰める。

「あ……っ」

最奥で熱が放たれたのを感じ、小さく喘いだ晴香は、ぐったりと身体を弛緩《しかん》させる。荒い息をついた彼が覆い被さってきて、汗ばんだ額に口づけながら言った。

「……可愛かった」

その余裕がある様子には、一年前に未経験だった頃の片鱗《へんりん》は微塵《みじん》もない。

甘いささやきに面映ゆさがこみ上げたものの、晴香には気がかりなことがあった。表情でそれに気づいたらしい天沢が、不思議そうに「どうした？」と問いかけてくる。

晴香は自分の腕を見せながら説明した。

「ベッドに墨が付いたらいけないので、伊織さんが書いた字、早く落としたほうがいいと思うんです。さっきからずっと気になってしまって」

まるで耳なし芳一のごとく腕と脚に書かれた文字を見た彼が、プッと噴き出す。そして晴香の手をつかみつつ、笑いをにじませた顔で提案した。

「――じゃあ、一緒にシャワーを浴びるか」

天沢の家の浴室は和モダンな雰囲気で、二人でも余裕で入れるほどの広さがあった。

タオルケットに全身をくるまれて階下まで来た晴香は、渡されたタオルで身体を隠しつつバスルームに入る。先に入っていた彼が、シャワーの温度を調節しながら言った。

「このあとは外に食事に出ようか。母さんもいないし、夜はうちに泊まっていけばいい。

明日の朝、職場まで車で送っていくから」

窓から夕方のオレンジ色の光が差し込む中、シャワーの水音が響く。晴香は自分の腕や脚に書かれた文字をしげしげと眺め、つぶやいた。

「擦れて少し取れちゃった部分もありますけど、伊織さんの字ってやっぱりきれいですね。たとえ書くところが肌でも、蘭亭序の筆致がしっかり再現されてて」

「まあ、一応それで食ってるからな」

「洗い流すの、ちょっと勿体《もったい》ないです。こうしてると、わたしが丸ごと伊織さんのものになったみたいじゃないですか？　文字が所有の証っていうか」

晴香が笑ってそう言うと、彼が虚を衝かれた様子で目を瞠《みは》る。じわじわと顔を赤らめながら目をそらすのを見て、晴香は驚きながら問いかけた。

「伊織さん？　一体どうし……」

「確かにそうかもしれない。君の肌に執拗《しつよう》に字を書いたのは、ある意味独占欲の表れなのかも。実際、仕上がりを見て満足していたし」

天沢が顔を上げ、こちらをまっすぐに見る、そして真摯な口調で告げた。

「晴香。――俺と結婚してくれないか」

「えっ……？」

「前から考えていて、いつ言おうかと思っていた。でも今の晴香の笑顔を見て、この先の人生を君と一緒に歩いていきたい、ずっとそうやって俺の隣で笑っていてほしい――そう

強く思ったんだ」

シャワーが白く湯気を立てる中、晴香は予想外の言葉に胸を高鳴らせつつ彼を見つめる。そして胸元を隠すタオルをぎゅっと抱きしめ、小さくつぶやいた。

「わたしで……いいんですか？　伊織さんはすごく活躍されてる書道家ですけど、わたしはしがない書店員で」

「晴香しか考えられない。君とつきあったこの一年、信頼や愛情がどんどん増すばかりで、俺は毎日がとても充実していた。それに君は、俺の家族と上手くつきあってくれてるだろう？　母さんや姉さんたち、甥《おい》や姪《めい》だって晴香のことを気に入ってる。だから結婚しても、嫁いびりなどを心配する必要はないと思うんだ」

生真面目にそんなことを言われ、晴香は思わず噴き出す。

一度笑うと歯止めが利かなくなり、どうにか爆笑するのだけはこらえていると、天沢が何ともいえない表情になって言った。

「その笑いは、一体どういう意味なんだ？　俺は別におかしなことは言ってないと思うが」

「だって……一年前に初めてご家族にご挨拶したとき、わたし、『いつか伊織さんが、プロポーズしてくれる日が来るのかな』って考えてたんです。実際にしてくれてすごくうれしいんですけど、でも場所がお風呂場でお互い裸な上に、わたしの腕や脚がこんな有様だと思うと、おかしくて……」

身を震わせる晴香を見た彼が、ばつが悪そうな顔になる。そして視線をそらし、ボソリとつぶやいた。

「確かにプロポーズとしては、最悪なシチュエーションだな。……駄目だ、どうして俺は君にかかると、こんなふうに」

「謝らないでください。想像してたのとは違っていても、わたしはうれしいです。だってわたしたちは、最初から自分たちなりのペースでつきあってきましたよね？　他の人と同じじゃなくたって構いません、伊織さんがわたしを『奥さんに』って望んでくれるなら」

それを聞いた天沢が、面映ゆそうに微笑む。彼は腕を伸ばし、晴香の頬に触れながら、情熱を秘めた眼差しでささやいた。

「――君を一生、大切にする。どんなときでも、何があっても守るから、どうか俺の妻になってくれないか」

晴香は目の前の天沢を、じっと見つめる。

初めて会ったときから、彼は自分に誠実であり続けてくれた。この先の人生をずっと一緒にいられると思うと、喜びと楽しみな感情しかなく、心がじんと熱を持つ。

晴香は目を潤ませ、幸せな気持ちで頷いた。

「はい。……わたしでよければ、どうかよろしくお願いします」

あとがき

こんにちは、もしくは初めまして、西條六花です。

蜜夢文庫さんでは四冊目となるこの作品は、以前パブリッシングリンクさんから刊行されたものの文庫化になります。

今回のヒーローは和服の書道家、さらに童貞（！）と、今までの作品とは違ったタイプの人となりました。

書道についていろいろと調べ、自分の中に落とし込むのも一苦労でしたが、やはりヒーローに恰好つけさせたい部分も捨てきれず、担当さんに「もっと童貞感を出しましょう！」とアドバイスされたのが個人的に大きな出来事です。

書き終えてみると生真面目で初々しさのある天沢は、とても愛着のあるキャラクターになりました。ヒロインの晴香は溌溂として素直な子なので、きっと天沢の家族に可愛がられて上手くやっていけるのではないかなと思います。

電子書籍の刊行後、意外な人気だったのが晴香の弟の奏多です。シスコンなくせにクールな雰囲気の彼もまた、二十歳ですが童貞です。

小学校の頃からそれなりにもてていた奏多は、姉に構ってばかりで周囲に目がいかず、これまで女性とおつきあいした経験がありませんでした。そんな彼が年上のきれいなお姉さんとすったもんだするお話がちょろっと頭の片隅にあるのですが、いつか形にできたらいいなと思っています。

今回の文庫化に当たり、イラストを天路ゆうつづさまにお願いいたしました。まだ仕上がりを拝見しておりませんが、美麗なタッチで天沢と晴香を描いていただけるのを楽しみにしています。

また、担当のKさまとNさま、毎度のことながら誤字脱字がありまして大変申し訳ありません。あまりお手間をおかけしないよう、今後も精進していきたいと思っています。

そしてお手に取ってくださった皆さま、この本がささやかでも皆さまの娯楽となれれば幸いです。

それではまたいつか、どこかでお会いできることを願って。

た、勃った……(^o^)/
こんなに完璧なイケメンが
私にだけ欲情って本当ですか!?
料理上手でルックスも性格も極上なモテ男 × 自分に自信がないOL一年生

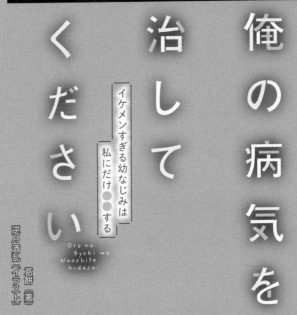

君が何度も××するから　ふしだらなスーツと眼鏡、時々エッチな夢
才川夫妻の恋愛事情　8年目の溺愛と子作り宣言
黙って私を抱きなさい！ 年上眼鏡秘書は純情女社長を大事にしすぎている
才川夫妻の恋愛事情～7年じっくり調教されました～
イケメン兄弟から迫られていますがなんら問題ありません。
編集さん（←元カノ）に謀られまして　禁欲作家の恋と欲望
清く正しくいやらしく　まじめＯＬのビッチ宣言

鳴海澪

俺様御曹司に愛されすぎ　干物なリケジョが潤って⁉
溺愛コンチェルト　御曹司は花嫁を束縛する
赤い靴のシンデレラ　身代わり花嫁の恋

葉月クロル

拾った地味メガネ男子はハイスペック王子！ いきなり結婚ってマジですか？

春奈真実

恋舞台　Ｓで鬼畜な御曹司

日野さつき

強引執着溺愛ダーリン あきらめの悪い御曹司

ひより

地味に、目立たず、恋してる。幼なじみとナイショの恋愛事情

ひらび久美

フォンダンショコラ男子は甘く蕩ける
恋愛遺伝子欠乏症 特効薬は御曹司⁉

真坂たま

ワケあり物件契約中 ～カリスマ占い師と不機嫌な恋人

御子柴くれは

セレブ社長と偽装結婚　箱入り姫は甘く疼いて⁉

水城のあ

Ｓ系厨房男子に餌付け調教されました
露天風呂で初恋の幼なじみと再会して、求婚されちゃいました‼
あなたのシンデレラ　若社長の強引なエスコート

御堂志生

欲望の視線　冷酷な御曹司は姫の純潔を瞳で奪う
エリート弁護士は不機嫌に溺愛する～解約不可の服従契約～
償いは蜜の味　Ｓ系パイロットの淫らなおしおき
年下王子に甘い服従　Ｔｏｋｙｏ王子

深雪まゆ

社内恋愛禁止　あなたと秘密のランジェリー

桃城猫緒

処女ですが復讐のため上司に抱かれます！

連城寺のあ

同級生がヘンタイDr.になっていました

本書は、電子書籍レーベル「らぶドロップス」より発売された電子書籍『恋の手習い始めます　初心な堅物書道家は奥手な彼女を溺愛する』を元に、加筆・修正したものです。

★著者・イラストレーターへのファンレターやプレゼントにつきまして★
著者・イラストレーターへのファンレターやプレゼントは、下記の住所にお送りください。いただいたお手紙やプレゼントは、できるだけ早く著作者にお送りしておりますが、状況によって時間が掛かる場合があります。生ものや賞味期限の短い食べ物をご送付いただきますと著者様にお届けできない場合がございますので、何卒ご理解ください。
送り先
〒160-0004　東京都新宿区四谷3-14-1　UUR四谷三丁目ビル２階
(株)パブリッシングリンク
蜜夢文庫 編集部
○○（著者・イラストレーターのお名前）様

初心なカタブツ書道家は　奥手な彼女と恋に溺れる

２０２０年７月２９日　初版第一刷発行

著…………西條六化
画…………天路ゆうつづ
編集…………株式会社パブリッシングリンク
ブックデザイン…………しおざわりな
（ムシカゴグラフィクス）
本文ＤＴＰ…………ＩＤＲ

発行人…………後藤明信
発行…………株式会社竹書房
〒102-0072　東京都千代田区飯田橋２－７－３
電話　03-3264-1576（代表）
03-3234-6208（編集）
http://www.takeshobo.co.jp
印刷・製本…………中央精版印刷株式会社

ISBN978-4-8019-2337-9　C0193
Printed in JAPAN